QUATRE
NOUVELLES.

PAR Mᵐᵉ LA PRINCESSE
ZÉNÉIDE VOLKONSKY,

née Pˢˢᵉ BÉLOSESLSKY.

envoyé par l'auteur
à Monsieur Végée
en signe d'amitié et
d. Fraternité.

QUATRE
NOUVELLES.

PAR Mᵐᵉ LA PRINCESSE

ZÉNÉIDE VOLKONSKY,

NÉE Pˢˢᵉ BÉLOSESLSKY.

MOSCOU,

DE L'IMPRIMERIE D'AUGUSTE SEMEN.

1819.

Печатать дозволяется съ тѣмъ, чтобы по напечатаніи, до выпуска въ публику, представлены были въ Ценсурный Комитетъ: одинъ экземпляръ сей книги для Ценсурнаго Комитета, другой для Департамента Министерства Духовныхъ дѣлъ и Народнаго Просвѣщенія, два экземпляра для Императорской публичной Библіотеки и одинъ для Императорской Академіи Наукъ. Іюля 14 дня, 1819 года. Книгу сію разсматривалъ Экстраординарный Профессоръ, Коллежскій Совѣтникъ

ТИМОѲЕЙ ПЕРЕЛОГОВЪ.

A MA BELLE-SOEUR

LA PRINCESSE

SOPHIE VOLKONSKY.

Mon Amie,

C'est à toi que je dédie ces
bluettes. J'y ai semé quelques-
unes des réflexions que le monde
et mes lectures m'ont inspirées.
J'ai tâché de peindre, dans ma
nouvelle américaine, la simplicité
des enfans de la nature; et dans
ma nouvelle d'Afrique, la barbarie d'un peuple dégénéré. En mettant sous tes yeux, dans ma
nouvelle asiatique, un épisode de
la vie d'un méchant, j'ai voulu,
pour en adoucir l'horreur, t'offrir,
dans le même cadre, quelques
détails sur une religion bizarre,

mais poétique. Enfin, dans ma nouvelle d'Europe, j'ai essayé de retracer quelques-uns des traits qui, dans la société, t'ont souvent frappée comme moi, et sur-tout de peindre la légèreté coupable avec laquelle on y porte les juge-mens.

Relis quelquefois ce volume, faible don de mon amitié; et si cette lecture te fait sourire ou rê-ver un moment, mon cœur aura atteint son but.

Ton amie à jamais dévouée,

ZÉNÉIDE.

LAURE,

NOUVELLE EUROPÉENNE.

~~~~~~~~~~~

Le portrait de Laure venait d'être terminé : l'artiste avait parfaitement rendu l'expression de ses grands yeux noirs voilés par une tendre langueur; son nez grec, sa bouche enfantine, cet ensemble de mélancolie et de gaîté qui inspirait l'intérêt le plus doux, s'y retrouvaient comme dans un miroir fidèle.

Madame de Sivry, vieille tante de Laure, posant son ouvrage sur sa table, regarda ce portrait avec une pédantesque ignorance, porta quelques jugemens plus obtus les uns que les autres, et congédia le peintre étonné, en lui répétant plusieurs fois qu'il était singulier qu'aucun peintre n'eût pu saisir encore l'expression des traits de sa nièce. Madame de Sivry était de ces personnes qui sont désobligeantes par dignité. Le portrait de Laure fut envoyé au comte Hyppolite d'Eriant; et, malgré la judicieuse critique de la tante, il fut reçu avec des transports de surprise et de joie par un mari qui trouva, dans le plus joli visage, les traits de sa femme, qu'il avait quittée presque enfant. Leur union avait été formée au moment où des affaires de famille exigeaient la présence du comte à Paris. Il s'était séparé de son épouse huit jours après son mariage ; et madame de Sivry avait exigé qu'elle restât sous sa surveillance.

Laure n'avait que quinze ans : orpheline depuis l'âge le plus tendre, sa tante avait sur elle tous les droits d'une mère. Laure avait passé son enfance dans la gêne et les contrariétés ; elle avait tout supporté avec une résignation paresseuse , jusqu'au moment de son mariage, ayant fondé son espérance sur cette époque si décisive, qui est regardée par les demoiselles, comme l'est un avancement en grade par les jeunes militaires : mais son mariage ne l'avait point soustraite à l'autorité de sa tante; et le départ d'Hyppolite avait fait évanouir ses rêves de bonheur. Madame de Sivry , qui semblait avoir deviné ses projets de révolte, lui prouvait tous les jours qu'elle n'était qu'un enfant , et Laure en était réellement inconsolable.

Le château de Sivry , situé non loin de Toulouse, ressemblait fort à un couvent. Le genre de vie qu'on y menait n'était guère plus varié : les plaisirs fuyaient épouvantés, à la vue de ce sombre donjon , de ces énormes fenêtres, de ces salons aussi

vastes que vides , et de ces meubles
couverts d'étoffes décolorées ; et la
présence de la vieille châtelaine
n'était pas faite pour les ramener.

Laure, avec un cœur aimant, avec
plus d'imagination que d'esprit, ayant
dans le caractère autant de faiblesse
que de vivacité, aurait eu besoin
d'être bien dirigée : mais madame de
Sivry, qui se vantait de l'avoir élevée
elle-même , n'avait su ni lui inspirer
l'amour de l'étude, ni développer
les qualités de son cœur. Elle l'ac-
cablait sans cesse de ses lourds sermons ; parlant toujours sur ce qui
n'était pas et ne voyant pas ce qu'il
fallait prévenir. Rien ne rend distrait
comme l'ennui : aussi Laure avait-elle
pris l'habitude d'écouter sans entendre , et lorsque, par momens, elle
voulait prêter quelque attention aux
discours de sa tante , la nullité de ce

qu'elle entendait la rejetait aussitôt
dans un vague d'idées, qui ressemblait à un engourdissement moral.
L'ennui, comme le mauvais air, entre
par tous les pores ; l'esprit de Laure
en était pénétré, et son existence
était devenue un bâillement presque continuel. Son imagination lut-
tait souvent contre un état si peu
naturel à son âge: alors, cherchant à
deviner quel serait son avenir, elle
s'égarait dans ses projets, dans ses dé-
sirs, et demandait au ciel le retour
de son mari, qu'elle attendait comme
un libérateur.

Hyppolite, isolé au milieu des
plaisirs de Paris, n'ayant aucun goût
pour tout ce qui tient à la dissi-
pation, était impatient de rejoindre sa femme : il n'ignorait pas ses
ennuis ; il se les figurait bien plus
grands encore. Laure lui peignit un
jour avec tant de feu ses prétendus

malheurs ; et les contrariétés qu'elle
éprouvait prirent tellement, dans sa
lettre , le caractère d'une véritable
persécution , qu'il se hâta de remettre ses affaires en des mains étrangères , et de partir pour le château de
Sivry , bien persuadé qu'il venait
délivrer un être opprimé et malheureux , et que sa présence allait enfin
rendre le repos à une femme dont il
devait être l'appui : sa loyauté s'en
exaltait , et son amour pour elle en
devenait plus tendre.

A peine arrivé au château de Sivry, qui lui paraît une affreuse prison , il concentre son indignation
contre madame de Sivry , et court à
l'appartement de sa chère Laure, dont
le visage riant et le teint frais le ras-
surent déjà : il la serre contre son
cœur, lui adresse mille questions; et
par le tableau qu'elle lui fait du passé,
et par les projets de plaisirs qu'elle

forme pour l'avenir, il voit que sa colère contre madame de Sivry était tout aussi mal fondée que la compassion que lui avait inspirée sa jolie femme, dont l'ennui était le seul et l'unique chagrin. Il lui était facile de le dissiper entièrement : il rit de sa méprise, et se dit, en écoutant les plaintes de Laure, que toute femme est poëte quand elle raconte sa propre histoire. Son cœur prend, cependant, l'intérêt le plus tendre aux confidences naïves de Laure ; il jouit de l'idée qu'il dépend de lui de la rendre contente, et ne songe plus qu'au moyen de la retirer doucement d'entre les mains de madame de Sivry, pour la conduire à Montpellier, chez sa mère, dont l'indulgente bonté ne connaissait ni l'exigence ni la gêne.

Le départ fut fixé au surlendemain. Il fallait l'annoncer à madame de Si-

vry. Laure attendait ce moment dans
la plus grande agitation ; elle craignait que l'humeur négative de sa
tante ne mît obstacle à ce qui causait sa joie : mais Hyppolite sut si bien
envelopper leur résolution des mots
de devoirs, d'usages reçus et *de con-*
venances, que madame de Sivry n'y
put rien trouver à redire ; elle ne
manqua pourtant pas de prendre sa
revanche, et consacra la veille du
départ aux sentences prophétiques;
mais comme une autre Cassandre, elle
ne fut pas écoutée. Malgré la joie
qu'éprouvait Laure en songeant aux
plaisirs de la ville, elle ne put se séparer de sa tante sans verser des
larmes sincères; et l'habitude, si
souvent en contradiction avec nos
goûts, lui fit regretter même ce vieux
donjon qu'elle détestait : mais bientôt ses regrets sont affaiblis par la
pensée enchanteresse et trompeuse

qu'elle peut désormais disposer de toutes ses actions : son cœur est plein de reconnaissance pour celui auquel elle croit devoir sa liberté ; et voyant le but à l'entrée de la carrière, la connaissance qu'elle va faire du grand monde lui semble le vrai bonheur. En effet, *le grand monde*, à l'âge de quinze ans, est synonyme de douceur de la vie ; c'est l'idole de la jeunesse, qui en ignore les illusions; c'est le tyran des êtres faibles qui adorent cette figure creuse, tout en la connaissant, et qui déposent à ses pieds leurs goûts, leurs inclinations, et même leurs sentimens.

La conversation d'Hyppolite, aussi tendre que spirituelle, n'intéressait Laure que faiblement; toute préoccupée de l'avenir qu'elle se créait à son gré, ses idées étaient si confuses, pendant tout le temps du voyage, qu'en apercevant les clochers de la

ville , elle crut se réveiller ; alors,
adressant à Hyppolite mille questions à-la-fois sur l'appartement
qu'elle allait occuper , sur les sociétés de Montpellier, sur les personnes
qu'elle allait connaître , elle ne
lui laissait pas le temps de lui répondre, lui serrait les deux mains, riait,
le questionnait encore , et avait toutes les peines du monde à s'empêcher de sauter de joie.

Laure , en arrivant à l'hôtel de
la comtesse d'Eriant, oubliait qu'il
fallait commencer par remplir un
devoir. Hyppolite l'en fit souvenir en
la conduisant chez sa mère , qui lui
fit un accueil de bonté : mais l'aspect
tranquille et serein de la comtesse
ressemblait au premier abord à de
l'indifférence. Laure, qui s'imaginait
qu'à l'âge de Mme d'Eriant, on devait
toujours mettre obstacle aux plaisirs
de la jeunesse, fut plus frappée de la

froideur apparente de sa belle-mère,
que de tout ce qu'elle lui dit de
tendre et de flatteur, et ne songea
plus, dès ce moment , qu'à éviter de
nouveaux sermons qu'elle craignait
sans aucun fondement. Hyppolite
interrompit ses réflexions , en la
conduisant dans l'appartement qu'il
lui avait fait préparer. Tout fut oublié au moment où elle se vit dame
et maîtresse d'un charmant boudoir,
où l'élégance et le goût l'avaient
précédée, où tout était frais comme
son teint. La même soirée et les
jours suivans furent employés à ar-
ranger , à déranger , et puis à arran-
ger encore. Les vieux livres du château de Sivry furent placés entre les
souvenirs : les nouveautés ou bluettes
littéraires qu'Hyppolite avait ap-
portées de Paris pour elle , furent
toutes feuilletées dans une matinée ,
et ensuite parsemées sur une grande

table avec un désordre de bon
goût. On demandera peut-être qui
lui avait appris *le bon goût*, si rare
en province ? quelques mots d'une
femme de chambre parisienne avaient
suffi pour lui donner une idée
de cette science imaginée à Paris,
qui, ainsi que la roue de la fortune,
tourne et roule sans cesse dans toutes les classes de la société, et ne
parcourt les pays lointains que pour
proclamer en tous lieux le nom de
sa mère-patrie.

Hyppolite jouissait dans son cœur
du contentement qui brillait dans les
yeux de sa jolie femme. Il se mettait
à la portée de ses quinze ans, et
s'intéressait à tous ces *petits riens*
qui rendaient Laure si heureuse et
si reconnaissante.

Hyppolite, plus âgé que Laure,
avait beaucoup plus de raison
qu'elle, sans avoir plus d'expérience

du monde : il avait traversé les tour-
billons qui obscurcissaient la France,
dans l'âge où tout ce qu'on voit se
grave dans la mémoire. Madame
d'Eriant, restée veuve à trente ans,
belle, vertueuse, ayant un esprit
éclairé, avait su prévenir son fils de
la peste générale, et conserver dans
son cœur le feu sacré de la piété.
Entourée de débris et de crimes,
n'ayant pour défenseur que son fils
dont elle était le guide, elle avait su
en imposer aux méchans par sa prudence et par son courage. La vue
des malheurs de cette bonne mère,
et les convulsions du dehors, avaient
modéré, dans le cœur d'Hyppo-
lite, l'effervescence de la jeunesse : il
était si habitué à rester calme au milieu des orages, que les petites agita-
tions de la vie étaient à ses yeux des
misères indignes de troubler l'esprit
d'un homme ; à vingt ans il était déjà

philosophe: l'étude des mathématiques, à laquelle il se livra de préférence, acheva de lui donner la justesse de raisonnement et l'aplomb
de l'âge mûr: cependant, la connaissance du monde avait entièrement
échappé à sa philosophie un peu dé-
daigneuse. Hyppolite avait étudié le
cœur humain dans les livres; mais
la théorie ne tient pas lieu d'expérience, et l'ancien voyageur ensei-
gne bien mieux les routes que le
meilleur géographe.

Laure, uniquement occupée pendant plusieurs jours du plaisir de
commander pour la première fois de
sa vie, s'en dégoûta tout-à-coup; et
son imagination fut toute entière à
la société et au desir de la connaître. Il fallut commencer par les visites d'usage; madame d'Eriant, à la
prière d'Hyppolite, en traça le céré-
monial: il avouait qu'il était parfai-

tement étranger aux choses de con-
venance , et disait que les hommes
qui croient s'y entendre, s'en acquit-
tent avec autant de maladresse que
ceux qui veulent travailler à des
ouvrages de femmes.

Laure, plus heureuse et plus belle
que jamais, se prépare à voir tous
les plaisirs réunis , et son imagination leur prête des formes enchante-
resses : c'est dans cette disposition
d'esprit qu'elle commence son *cours
de politesse*. Après quelques visites
aussi courtes que cérémonieuses,
elle a peine à croire à l'ennui qu'elle
éprouve : «Est-ce-là, se disait-elle, ce
monde que je cherchais ? sont-ce là
des plaisirs ? » Ensuite, pensant qu'elle
se trompait, elle n'en dit rien à Hyppolite, et voulut suspendre son ju-
gement : ils parcoururent plusieurs
sallons , plus tristes les uns que les
autres, où l'on se plaignait dans le

désert du peu de goût que la génération nouvelle a pour la bonne société; où la froide étiquette n'a jamais permis de déranger un fauteuil
ni de changer de place. Laure perdit
enfin toute patience, et malgré l'accueil qu'on lui faisait, et les invitations
qu'elle recevait de toute part, elle
était sur le point de demander à son
mari de terminer une épreuve qu'elle
trouvait trop longue, lorsqu'ils
arrivent à la porte de l'hôtel de C***.
Une jeune femme qui débute dans le
grand monde donne l'éveil à toutes
les maîtresses de maison, qui, comme
autant de puissances, se font une
guerre active, ou secrète ou décla-
rée: cette confédération de petits
états cherche à se nuire, à s'affai-
blir par mille moyens, pour céder
ensuite, en masse, à une seule puissance plus forte ou plus adroite:
telle était la supériorité de madame

de C***, non qu'elle fît beaucoup de frais pour attirer la foule chez elle; mais elle avait pris *des jours ;* et l'on sait que c'est fonder un pouvoir à-la-fois despotique et populaire. Le sallon de madame de C*** était le point de ralliement du beau monde, troupeau indivisible, qui se laisse dominer par le nom qu'il porte avec orgueil. Madame de C***, toujours sérieuse, entièrement garrottée par les convenances, présidait son cercle avec la dignité d'un dictateur romain. Ses trois filles, assises dans un coin du sallon, cherchaient à imiter leur mère, et, par leurs courtes et froides réponses, éloignaient d'elles tous ceux qui se hasardaient à les approcher : on les aurait prises volontiers pour des cariatides égyptiennes, tant elles étaient fortes et guindées. Monsieur de C***, homme jovial, rond comme le globe, avide de bruit et de

foule, attendait toujours le moment
de la réunion avec une impatience
et une angoisse qui duraient jusqu'au
moment où ses sallons étaient remplis de monde ; riant aux éclats,
faisant la cour aux jeunes femmes,
chantant des vaudevilles aussi vieux
que sa voix, il allait, venait, était
tout à tous, et mettait en mouvement toute la société, excepté son
immuable famille.

Laure, fatiguée de ne trouver que
de l'ennui, là même où elle cherchait des plaisirs, entre chez madame de C***, parfaitemènt découra-
gée : l'éclat de mille lumières, le
bruit confus, le mouvement que son
entrée occasionne, et tous les regards fixés sur elle, raniment son
attention endormie. Pandore, pré-
sentée à l'Olympe, ne produisit pas
plus d'effet : on la suit des yeux, on
répète à demi-voix les mots de *jolie*,

de *graces*, de *délicieuse tournure*; et
soudain les hommes abordent son
mari, et l'accablent de complimens
sur la beauté de Laure. Les jeunes
femmes l'examinent de loin, les plus
coquettes l'accueillent pour ne pas
montrer qu'elles l'envient en secret;
et la congrégation des tantes et des
mères prépare ses doctes sentences. Un essaim de fats de tout âge
et de toutes figures, qui croient
qu'elle n'est là que pour eux, forme
ses plans d'attaque, tandis que des
gens d'un certain âge, estimables et
indulgens, lui sourient avec intérêt
comme à un doux souvenir de leur
jeunesse passée. Bientôt le bruit de
sa beauté se répand dans les autres
salons; on déserte les tables de
jeu pour la voir de plus près. Les
conférences sont suspendues, les
coteries se séparent; elle est l'objet de la curiosité générale. Madame

de C** la présente aux dames ; et chacune d'elles, desirant connaître si elle sait causer , cherche à s'en assurer en lui faisant mille questions , qui ressemblent à des examens. Mais Laure, trop occupée du tableau général pour faire attention à des phrases, ne leur répond que par des monosyllabes., et les dames s'éloignent d'elle , extrêmement choquées de son laconisme. Laure ne le remarque seulement pas ; elle ne pense point , elle regarde par-tout, tout la frappe vivement , mais avec confusion , comme une grande clarté qui éblouit la vue. Elle ne se rend raison de rien , tout lui paraît merveilleux, et son ame suit ses regards. Monsieur de R***, fat bel-esprit , dont on cite les bons mots et dont on admire l'aisance , se détache du groupe des hommes, et affectant le geste d'un homme entraîné et sub-

jugué, il prononce à haute voix :
« Elle est ravissante, il faut absolu-
» ment que je lui parle. » Il s'approche et se place auprès de Laure, qui,
frappée de son exclamation, le con-
sidère attentivement. Elle est d'abord
étonnée des complimens qu'il lui
fait ; mais bientôt elle y sourit avec
complaisance, et sa légèreté aux ailes de plomb lui semble remplie de
grâce et d'amabilité. Les jeunes
étourdis, voyant le succès des fa-
deurs que monsieur de R*** lui débite, viennent se mêler de la conversation, et Laure se trouve, pour
ainsi dire, bloquée au milieu d'eux.

Tandis que, dans ce cercle joyeux,
on continue à faire assaut de calem-
bourgs et de bons mots, qui excitent
la plus franche gaîté, les jeunes
femmes, ne pouvant pardonner à
un enfant de quinze ans de captiver
ainsi l'attention de leurs adorateurs,

2*

s'en vengent en critiquant et en blâ-
mant ses manières: Hyppolite, placé
de façon à ne pas être vu par ces
dames, entend le nom de Laure et
prête l'oreille à leurs discours.
« C'est une jolie petite femme, disait-
» on, mais bien mal élevée. — Elle
» rit d'une manière scandaleuse, et
» ne sait pas dire deux mots de poli-
» tesse.—Que dites-vous de son assu-
» rance avec les hommes ? — Assu-
» rance, dites-vous ? j'appelle cela
» de l'effronterie. — Et quoi! dit
» une de ces dames, en apercevant
» Hyppolite qu'elle ne reconnaissait
» pas, vous ne suivez pas le torrent
» qui nous enlève tous ces mes-
» sieurs ? — Non, Madame, ré-
» pond-il en souriant; car le *torrent*
» est ma femme. » La jeune étour-
die, honteuse de sa distraction, bal-
butie quelques mots, et se penche vers
l'oreille de sa voisine pour cacher

sa rougeur : on se regarde , on sourit , on garde le silence. Hyppolite,
pour prouver combien il fait peu de
cas des propos qu'il vient d'entendre,
essaie de tourner la chose en plaisanterie ; mais s'apercevant de l'embarras que sa présence occasionne, il
se retire en faisant ses réfléxions sur
la médisance vigilante des femmes,
toujours armées contre leurs semblables.

En cherchant à se rapprocher de
Laure, Hyppolite a le malheur de
rencontrer un amateur passionné
d'*aparté,* qui depuis long-temps guet-
tait une victime , et qui s'empare du
pauvre comte , et le garde pendant
plus d'une heure dans l'embrâsure
d'une fenêtre : en vain attend-il un
moment *lucide* pour lui échapper ;
il prend enfin le parti de feindre de
vouloir le présenter à sa femme, et,
pendant que l'éternel causeur se

prépare à faire des phrases à la jolie
comtesse, Hyppolite donne tout bas
à Laure, le signal de la retraite. La
fourmilière aux bons mots l'accom-
pagne jusqu'au milieu du salon ; et
monsieur de C***, qui souffrait le
martyre lorsqu'il voyait prendre,
chez lui, le chemin de la porte, se
précipite au devant d'Hyppolite et
de Laure, qui ne parviennent à s'en
débarrasser, qu'en lui promettant
formellement de ne pas manquer de
venir à une fête qu'il avait le projet
de donner: l'époque en était encore
éloignée ; mais, pour avoir le plaisir
de s'en occuper d'avance, il en parlait déjà depuis long-temps; bien
persuadé que cette fête deviendrait
le sujet de plus d'un entretien, il
s'était assuré, par là, quelques se-
maines de bonheur.

Laure ne songe plus qu'à la fête
annoncée par monsieur de C*** ;

elle l'attend avec l'impatience d'un enfant qui soupire après le jour où ses études feront place aux jeux de son âge.

Hypolite , malgré sa philosophie , repassait souvent dans son esprit ce qu'on avait dit, en sa présence , au sujet de Laure. Il ne voulait pas lui en parler ; il ne se serait jamais pardonné de lui causer un seul instant de déplaisir ; son naturel, sa naïve gaîté , qui contrastait si bien avec sa physionomie mélancolique , son imagination vive et enfantine , sa manière d'être avec lui , si franche et si confiante, cet ensemble de gentillesse et de grâce, étaient sans prix à ses yeux : décidé à ne gêner en rien son innocente liberté , persuadé que cette liberté est la sauve-garde d'une femme dont le cœur est pur et dont l'esprit est aussi loin d'une pensée dépravée , que la candeur l'est de la corruption, il jure plus de mépris que jamais à ce tribunal capricieux qui s'empare d'un réputation, et qui la forme et la brise avec la même facilité.

Laure passait la moitié de ses journées à projeter des parties de plaisir, et l'autre à les exécuter : c'était la toilette, c'étaient des promenades, c'était un tissu de momens agréables qu'Hyppolite embellissait encore par de petits soins et de jolies présens; et comme les *riens*, si précieux pour Laure, réalisaient seuls tous ses rêves de félicité, son mari n'était pour elle qu'un aimable accessoire. Sans s'arrêter à cette idée, qui aurait pu affliger son cœur, celui-ci jouissait de la voir contente; il écartait loin d'elle tout ce qui pouvait atténuer sa gaîté, et lui sacrifiait même ses goûts, abandonnant, pour lui plaire, ses livres, son cabinet d'étude, et se laissant entraîner par elle, au milieu de la foule qui l'obsédait.

Laure poursuivait gaîment sa carrière, suivie des jeunes-gens les plus aimables ou les plus étourdis de Montpellier : fuyant la gêne, elle ne songeait qu'à s'amuser, et ne recherchait que ceux qui la faisaient rire, soit par leurs ridicules, soit par leurs saillies. Elle avait rencontré plusieurs fois la baronne de Saint-Elly, et sa conversation l'avait entièrement captivée. Elle l'admirait de tout son cœur, et trouvait son esprit si supérieur à celui des autres, que, lorsqu'elle la voyait dans le monde, elle n'écoutait plus qu'elle, et ne trouvait rien de si désirable que de lui ressembler.

En effet, la baronne de Saint-Elly avait ce qu'on appelle de l'*entraînement,* et possédait au suprême degré

l'art des *à-propos*. Ses manières adroi-
tes et réservées avaient mis son inconduite à l'abri du blâme public. Elle
n'avait jamais fait une imprudence,
et l'aplomb qu'elle avait su conserver
au milieu de ses intrigues, la faisait
regarder dans le monde comme un
être extraordinaire : on nommait
tout bas ses amans ; mais on la ju-
geait, comme on juge ses supérieurs,
en secret et sans scandale. Lorsqu'elle quittait ses amans, elle cherchait à gagner et à conserver leur
confiance ; son esprit insinuant y
réussissait toujours, et s'assurait ainsi
de leur discrétion. Elle savait en imposer à tous sans tromper personne ;
car personne ne l'estimait : mais,
entre la considération et l'estime, il
y a la même nuance qu'entre ce qui
est dû aux grands et ce qui est dû
aux justes. La jeune Laure, portant
sur tous ces objets la candeur de son

ame, était la seule qui la croyait un modèle de vertu. Hippolite, plus instruit qu'elle sur ce point, voyait pourtant cette liaison se former sans y trouver aucun inconvénient; il était bien aise que Laure préférât la conversation de la baronne, qu'il regardait comme une école d'amabilité, à celle des étourneaux dont il trouvait les saillies de fort mauvais goût. Ce qui l'avait empêché de faire connaître à sa femme la conduite de la baronne, c'était la crainte de ternir la pureté de ses pensées, qu'il trouvait véritablement précieuse.

La baronne de Saint-Elly n'était plus de la première jeunesse ; ses grands moyens de séduction étaient dans son esprit, aussi original qu'entraînant. Elle avait observé qu'une femme d'esprit, qui perd beauté et fraîcheur, devient facilement bavar-

de ; redoutant le ridicule par-dessus
tout, la crainte d'en être atteinte
sans s'en apercevoir, lui avait fait
adopter un genre de conversation
assez extraordinaire : ses phrases
étaient toujours courtes ; elle évitait
de raconter ; et si, par hasard, elle
se laissait aller à faire quelque récit,
il était rempli de réticences et d'hési-
tation. Ce singulier genre d'amabilité
aurait pu devenir fatigant pour les
autres, si l'originalité de ses idées
et ses mots piquans, que l'on pouvait nommer des étincelles de génie,
ne lui avaient tenu lieu d'une amabilité plus soutenue. Personne ne savait mieux écouter, ni mieux interrompre un discours ennuyeux ou
trop long ; et c'était avec tant
d'adresse, que le conteur lui en savait presque autant de gré, que les
personnes qui étaient condamnées à
l'écouter. Elle faisait sa principale

étude de plaire à tous sans distinction,
et de primer dans tous les cercles,
sans qu'on pût s'en offenser, ni même
s'en apercevoir : on la recevait par-
tout avec égard, avec empressement;
son esprit faisait le charme de toutes
les sociétés; mais l'esprit seul n'attache pas, et la baronne n'avait pas
une amie: son cœur froid ne pouvait en sentir la privation; mais
c'était un triomphe qui manquait à
sa vanité : aussi, lorsqu'elle vit paraître Laure dans le monde, fit-elle
usage de tous les moyens de captiver
qu'elle possédait, pour tâcher de lui
inspirer de l'amitié. Elle était habituée à faire naître le sentiment de
l'amour, en restant elle-même indifférente; mais l'amitié n'est point
comme son frère; elle est juste, elle
veut l'égalité, elle commande l'ab-
négation. L'esprit conquérant de la
baronne parvint à prendre un en-

tier ascendant sur celui de Laure;
elle s'en fit une admiratrice et non
pas une amie.

Laure, à l'âge de quinze ans,
n'écoutait que sa volonté; et son
premier mouvement l'entraînait toujours loin de la gêne, sur la route
des plaisirs, où jamais aucune idée
sérieuse n'était venue l'atteindre. Ses
seules sauve-gardes étaient l'innocence et la gaîté; l'une l'empêchait
de voir et de comprendre le mal,
l'autre la garantissait des passions:
Mais ces deux guides peuvent bien
être comparés à deux enfans qui con-
duisent un aveugle. La vie dissipée
qu'elle menait, et son goût pour les
plaisirs, qu'elle ne dissimulait pas,
la faisaient regarder dans le monde
comme une femme inconséquente;
on lui donna bientôt le nom de femme
légère: les ennuyeux, sur-tout,
ne lui pardonnaient pas les soins

qu'elle prenait de les éviter, et s'é-
taient alliés, contre elle, aux méchans, pour lui faire du tort dans
l'esprit des personnes impartiales, et
de celles que sa jeunesse et sa beauté
avaient prévenues en sa faveur.

Le jour de la fête que monsieur
de C*** préparait à grands frais,
et qui était devenue la nouvelle de
Montpellier, est enfin arrivé. Dès le
matin, l'hôtel de C*** semblait être
une place publique, tant il y avait de
gens qui allaient, venaient et le
traversaient en tous sens. Le jardin,
encombré d'échafaudages, n'était
pas reconnoissable; tout y avait
changé de face et d'emploi. Les allées étaient bordées de décorations;
celle du milieu, qui conduisait à une
jolie chambre de bain, représentait
une colonnade, et le bain était à son
tour métamorphosé en temple d'Hébé. Une fontaine, qui servait ordi-

nairement d'abreuvoir aux chiens, fidèles gardiens de la maison, portait en ce jour le nom de *fontaine de Jouvence*, écrit en lettres transparentes : vis-à-vis de la fontaine, on achevait de placer les pièces d'un feu d'artifice, qui devait être un des plus beaux qu'on eût jamais vus dans le Languedoc. Ici, l'on plaçait de grands vases d'orangers en fleurs ; là, des banquettes ; plus loin, des ouvriers entourés et couverts de couleurs, achevaient de donner les dernières touches aux décorations intérieures du temple. Monsieur de C***, au milieu de ces métamorphoses et de ces inventions si ingénieuses, qu'il avait dirigées lui-même, se croyait Ovide, ou pour le moins Dumoustier : il ordonnait, contremandait, ruminait en se frottant les mains, et se tourmentait horriblement pour l'amusement des autres.

L'heure des plaisirs sonne, l'hôtel brille de lumières. Madame de C*** est à son poste ; ses filles se préparent à la danse avec leur calme imperturbable, et les salons commencent à se remplir. Les employés, les juges, les professeurs et les officiers arrivent en troupe, donnant la main à leurs femmes. Après un long intervalle, les employés supérieurs et les femmes élégantes commencent à défiler : vient ensuite un essaim de danseurs dont chacun se croit des ailes aux pieds, et s'imagine entendre dire de tous côtés, ce que Dupaty disait en voyant le Mercure de Florence: « Regardez-le, car il s'envole ». Les mises les plus baroques, les modes parisiennes renforcées, la toilette la plus simple à côté de la plus éclatante, des femmes plaquées de rouge, et d'autres affectant la *pâleur qui marque une ame tendre*, un mélange de ridi-

cule, d'élégance, de couleurs tran-
chantes, de laideur surchargée, et
de grâces négligées; voilà ce qui forme le tableau sans harmonie qu'offre
cette nombreuse réunion. On parle
de la fête qui va avoir lieu ; on ques-
tionne, on raconte des détails qu'on
ignore, mais qu'on devine; on se
demande mutuellement ce qui occasionne le retard dont on se plaint
tout haut ; une légère rumeur se répand dans le salon, le préfet arrive,
et le signal est donné.

Les mots d'*arrivée,* de *commencement* et de *fête* volent de bouche en
bouche. Tous se précipitent à-la-fois
vers la porte du jardin, et deviennent badauds comme le peuple dans
les rues. Une attention stupide s'empare de leurs esprits ; ils regardent
sans voir, se laissent entraîner vers
un but qu'ils ignorent, où plusieurs
d'entre eux vont sans plaisir et pres-

que sans curiosité; mais chacun cède à l'impulsion générale.

Le jardin brille de mille feux. Monsieur de C***, à la tête du cortége, conduit, d'un air triomphant, les dames auprès de la modeste fontaine qu'on avait pompeusement baptisée du nom de *fontaine de Jouvence*; en leur faisant remarquer l'inscription qu'elle portait, il ajoute d'un air léger et satisfait: «C'est un monument » dont ces dames voudront bien a- » gréer la dédicace »: en disant ces mots, il les regarde en dessous pour quêter un compliment; mais, malgré la droiture des intentions de M. de C***, sa galanterie fut prise pour une épigramme par les femmes passées, et fit sourire plusieurs de hommes, qui ne manquèrent pas d'en faire de malicieuses applications.

On suit monsieur de C*** le long de la colonnade illuminée qui conduit au temple mystérieux : rien n'indique encore le nom de la déesse dont il porte le nom. Monsieur de C* * * s'arrête à l'entrée du temple et a l'air de vouloir laisser deviner son secret, mais s'apercevant que les préparatifs qu'on fait ailleurs attirent l'attention de la foule avant le temps, il décline avec force le nom de *temple d'Hébé*, et ouvre les deux battans de la porte.

La jolie chambre de bain, spacieuse et ronde, éclairée par le haut, prête parfaitement à l'illusion d'un temple; on avait placé dans sa coupole un grand foyer de lumière qui répandait une agréable clarté sur tous les objets. Monsieur de C*** avait fait construire, tout autour de la rotonde, quinze niches, comme un symbole de l'âge le plus charmant de la jeunesse. Chacune de ces niches contient une nymphe, vêtue de blanc et couronnée de boutons de roses,

Vis-à-vis de la porte d'entrée est placé un piédestal sur lequel s'élève un trophée des attributs de la déesse dont le temple porte le nom. Monsieur de C***, enivré de joie et presque de gloire, allait répétant à tort et à travers, aux jeunes femmes comme aux vieilles, que le piédestal n'était point occupé, parce qu'Hébé n'avait point osé se montrer au milieu de tant de rivales en beauté et en jeunesse. Ce compliment si simple, quoique si recherché, fit le meilleur effet ; il effaça le souvenir de la fontaine, et même des sarcasmes auxquels elle avait donné lieu et qui, malheureusement, n'avaient pas échappé à l'oreille attentive des femmes que ces cruelles applications pouvaient regarder.

Le son de plusieurs instrumens se fait entendre ; les Nymphes descendent des niches où elles étaient pla-

cées ; elles vont prendre des demi-
cerceaux, garnis de guirlandes de
lis, de chèvre-feuille et de roses. On
se range, et elles exécutent la charmante danse languedocienne que
l'on appelle *les treilles*. Toutes ces
jeunes personnes ne sont pas également jolies ; mais celles qui n'ont pas
de beauté ont de la grâce, et dans les
autres la grâce est remplacée par le
gaîté. Elles forment une voûte mou-
vante avec leurs demi-cerceaux, sous
lesquels elles se cachent, passent et
repassent, reparaissent ensuite en se
tenant par la main, et en se balan-
çant mollement, comme un buisson
de fleurs agité par les Zéphyrs. La
danse finit aux acclamations généra-
les ; les mères reçoivent avec un air
de modestie vaniteuse les complimens de monsieur et de madame de
C*** sur les grâces de leurs filles, qui,
après avoir fini de danser, viennent

se placer auprès de leurs mères , en
rougissant de plaisir et d'embarras.

Laure , belle de grâces et de jeunesse , est l'objet des hommages de
tous les hommes : la danse des jeunes
demoiselles n'a point détourné d'elle
l'attention et l'admiration de ce sexe
sur lequel l'empire des yeux est tout
puissant, et pour lequel regarder ,
admirer et brûler n'est qu'une seule
et même chose.

Laure , enchantée , engouée de la
baronne de Saint–Elly, était toujours
auprès d'elle , lui faisait part de tout
ce qui la frappait et des différentes
sensations qu'elle éprouvait , en se
trouvant pour la première fois de sa
vie dans une assemblée aussi nombreuse et aussi bruyante. La baronne,
ne l'ayant encore rencontrée qu'en
très-petit comité , la voyait pour la
première fois briller au milieu d'une
foule d'adorateurs ; habituée à pri-

mer sans aucun partage, et à donner
le ton par-tout où elle se trouvait, elle
ne pouvait comprendre que la naïve
Laure pût, en sa présence, jouer le
premier rôle. Une secrète voix lui
apprenait ce qu'elle aurait voulu ignorer. Un despote a toujours de la peine à abdiquer, et il cherche à se distraire de cette pensée, tant que la
nécéssité au bras d'airain ne vient
pas le contraindre à céder. C'était la
première femme qui faisait ombrage
à l'ambitieuse baronne : elle avait
trouvé dans le monde et de jolies et
d'aimables personnes ; mais l'attrait
supérieur de son esprit les lui avait
soumises sans effort ; elle n'en ressent que plus de dépit lorsqu'elle se
voit contrainte à disputer aujourd'hui,
à un enfant de quinze ans, les hommages qu'elle croit n'être dus qu'à
elle. C'est en vain qu'elle met son
esprit à la torture ; on regarde Laure

et on ne l'écoute guère. Quelques
jeunes gens, voyant qu'elles étaient
fort amicalement ensemble, fondent
leurs espérances sur cette liaison ; ils
viennent tour-à-tour faire leurs confidences à la baronne , qui, blessée ,
confuse , piquée au vif , s'empresse
de cacher sous le langage d'une amitié exaltée , l'envie qu'elle est étonnée d'éprouver; et, par les éloges exa-
gérés qu'elle donne aux attraits de
Laure , elle encourage leur imperti-
nente confiance, dont elle n'a pas
le droit de se fâcher avec des hommes
qui connaissent toute son immo-
ralité. En déployant à leur égard une
dignité tardive, elle risque de se couvrir de ridicule; en se prêtant à recevoir de pareilles confidences, et à
jouer un rôle qui n'a rien d'honorable, elle tremble de perdre l'apparente considération que , par une
faiblesse inexplicable , les femmes

3

n'avaient point encore osé lui ravir.
Partagée entre l'incertitude et le dépit, elle prend le parti de tourner la
chose en plaisanterie, de persifler les
galants, de se servir enfin de la naïveté
de Laure et de l'ascendant qu'elle a
pris sur elle, pour la rendre aussi ridicule que possible, aux yeux d'un
public toujours prêt à tirer sur un
objet qui, de manière ou d'autre,
se distingue de la foule. Rien n'était
plus facile avec une femme de quinze
ans; à cet âge, on a rarement du tact,
cette faculté de l'intelligence, composée de nuances imperceptibles,
boussole du monde, sans laquelle l'esprit nous égare, ne se développe et
ne s'acquiert qu'à nos propres dépens.
Le tact est comme le goût, c'est l'ins-
tinct perfectionné; on le forme en
l'exerçant, en s'habituant à discer-
ner, à choisir, à se rendre raison de
tout; et lorsqu'on est à l'entrée de

sa carrière, on regarde, et l'on n'observe pas.

Laure, qui est, après monsieur de C***, la personne la plus heureuse au milieu de cette réunion, se laisse courtiser, sans prêter la moindre attention à tout ce que lui adresse l'essaim bourdonnant dont elle est entourée : le bruit l'étourdit, elle rit, et ne se doute pas des sentimens qu'elle fait naître. La baronne, fatiguée des succès de sa jeune rivale, forme le projet de rendre ridicule aux yeux de Laure les empressemens dont elle est l'objet. Elle lui fait remarquer l'air soumis de ces messieurs, leurs longs regards et leurs plus longs soupirs, leurs distractions, leur jalousie et leur allure moutonnière, et trouve si bien, en peu d'instans, le moyen de les ridiculiser, que Laure s'imagine avoir acquis le droit de les traiter en bouffons, et de s'en amu-

ser ouvertement. Toujours prête à
saisir l'occasion de rire, encouragée,
sous main, par la malicieuse baronne,
elle fait mille enfantillages, met
en mouvement tout ce qui compose
son galant cortége ; appelle l'un,
renvoie l'autre, les mystifie, les bou-
de, se place de manière à ne pouvoir en être abordée, en rit aux éclats;
et croit ne se permettre que des plai-
santeries et des gentillesses du meilleur genre, puisque c'est la baronne
qui les a dictées. Elle est de si bonne
foi qu'elle regrette qu'Hyppolite n'ait
pu l'accompagner à cette fête, pour
être témoin de ce manége qu'elle trouve fort amusant : elle ne se doute pas
que sa manière d'agir est celle d'une
coquette, et ne remarque même pas
le mauvais effet que ses inconséquen-
ces produisent sur tout le monde.

Monsieur de C***, après avoir répété jusqu'à satiété le sot compliment

qu'il avait fait aux dames sur la cause
de l'absence d'Hébé, croyant n'avoir
jamais assez dit une chose qui lui
avait coûté plusieurs jours de travail, vint, avec un air de galanterie
fine, assurer Laure qu'elle était la
Déesse qu'on adorait en ce lieu, et
que sa place devrait être le piédestal
destiné à Hébé. La baronne feignit
de trouver dans ce compliment autant de grâce que de vérité, et le
ton de bonhomie qu'elle affecta, et
qui aurait pu tromper le plus fin,
trompa monsieur de C**, qui ne
l'était guère. Fier de cette approba-
tion, monsieur de C*** renchéris-
sait encore sur ce qu'il venait d'avancer. Laure riait de sa sotte fécondité,
et la baronne, interrompant tout-à-
coup monsieur de C***: « Ne trouvez-
» vous pas, lui dit-elle, que Laure
» ressemble parfaitement à l'Hébé de
» Canova. Ce sont ses traits ; c'est

» sa tournure ; ses cheveux sont
» arrangés de même. Voyez cette
» taille élancée , ajouta - t - elle
» en s'adressant à tous les hommes
» qui entouraient la jeune comtesse,
» ce cou, ces jolis bras ; ne vous
» semble-t-il pas, messieurs, voir de-
» vant vous le chef-d'œuvre du sculp-
» teur de la grâce. » Monsieur de
C***, qui n'avait aucune connaissance
de cette statue, mais qui était amateur
passionné de comparaisons mytho-
logiques, trouva l'idée sublime, ainsi
que les adorateurs de Laure. « Il est
» fâcheux, reprit la baronne, qu'on
» ne puisse pas l'engager à se mettre
» un instant sur ce piédestal , dans
» l'attitude de la délicieuse statue
» de Canova; on pourrait alors bien
» mieux juger de la ressemblance
» qui me frappe.» Laure, qui ne connaît pas plus cette statue que monsieur de C***, est pourtant flattée de

la comparaison : elle rougit, baisse les yeux, et ne voit pas que la baronne se moque d'elle. « Eh ! pourquoi, » belle comtesse, s'écrie monsieur » de C*** avec enthousiasme, pour- » quoi nous priveriez-vous du bon- » heur de vous admirer, de vous » adorer? » Tous les jeunes gens se joignent à lui pour presser Laure de céder à leur folle conspiration, en se plaçant sur le fameux piédestal ; un de ces messieurs, artiste distin- gué, se charge de la poser dans l'atti- de que le Phidias moderne a don- née à son Hébé, et Laure, surprise, émue, embarrassée, ne sait à quoi se résoudre : sa rougeur augmente avec son embarras, elle fait un pas, s'ar- rête, veut lire dans les yeux de la baronne ce qu'elle doit faire, y croit voir le conseil de céder aux instan- ces de ceux qui l'entourent, et se laisse conduire vers le piédestal avec

une gaîté tout-à-fait enfantine. Elle
s'y place dans l'attitude que l'artiste
lui indique; on lui met, dans la
main droite, le vase d'où elle semble
se préparer à verser le nectar dans
une coupe ronde qu'elle tient de
l'autre main : elle incline légèrement
son cou et sa tête, ses pieds posent à
peine, les plis de sa robe blanche et
légère suivent les contours gracieux
de son corps : on croirait voir en
effet l'Hébé de Canova. Les hommes
la trouvent ravissante et divine; les
femmes la traitent de folle : la baronne observe et jouit ; et un jeune
étourdi, dans son enthousiasme, ou
peut-être par méchanceté, s'avise
d'applaudir, en s'écriant: *bravo !*
Laure s'y attendait si peu qu'elle en
fut saisie : elle saute à bas du piédestal, veut se sauver dans le jardin :
les jeunes gens la suivent et l'arrêtent.
Laure, qui sent qu'elle s'est donnée

en spectacle très-mal à propos, répond à leurs fades complimens avec
un ton d'humeur et presque avec les
larmes aux yeux ; la baronne l'abor-
de, la rassure, et fait bientôt disparaître le nuage qui obscurcissait sa
gaîté, en lui faisant remarquer, dans
la foule, plusieurs de ces caricatures
qu'on rencontre en province, ét qui
portent sur leurs visages, leurs vêtemens et leurs coiffures le type du
ridicule.

La plaisanterie à laquelle Laure
s'est prêtée occupe toute l'assemblée;
les femmes la trouvent déplacée, ridicule, de mauvais goût, et décident
que Laure est sotte et coquette; aucune d'elles n'a songé qu'il faut avoir
de l'usage du monde pour savoir repousser une mauvaise plaisanterie,
et la faire, pour ainsi dire, replier sur
elle-même. Heureusement pour la
pauvre Laure, la politique qui se

glisse par-tout, même dans les temples
des déesses, vient enfin remplacer
la médisance: les *aparté* commencent, les discussions s'entament, et
ne sont interrompues que par des
valets empressés qui offrent de toute part des fruits et des rafraîchis-
semens. Les uns vont errer dans les
allées du jardin, les autres s'arran-
gent en coteries pour causer, ou
plutôt pour bâiller en liberté. Trois
dames se sont éloignées de la foule
pour écouter une énorme lettre,
qu'une d'elles lit à haute voix; elle
vient de la recevoir de Paris. A leur
air occupé, à l'avidité avec laquelle
les deux écoutantes suivent des yeux
chaque ligne, et à l'importance avec
laquelle celle qui lit s'arrête pour com-
menter chaque page, on croirait qu'il
est question du bouleversement des
empires. J'ai su depuis, cependant,
qu'il ne s'agissait que des change-

mens qui s'étaient opérés dans les
modes parisiennes : on avertissait les
élégantes de Montpellier de mettre
beaucoup de prudence dans le choix
de leurs parures, à cause des événe-
mens politiques , &c. &c.

Mais écoutons cette grande et belle
dame qui, portant dans ses traits l'expression du calme et de la douceur,
se promène les bras croisés, en long et
en large, ayant à côté d'elle un vieux
militaire en uniforme de général.
J'entends une voix douce qui prononce les mots de justice et de vengeance, de sang et de punitions exem-
plaires : ces mots, qui contrastent si
fort avec le son de cette voix, bles-
sent mon oreille ; j'imagine d'abord
que je me suis trompé, quand j'ai cru
entendre la voix de la belle dame ;
habitué aux fléaux de la guerre, le
vieux général peut seul être familia-
risé avec de pareils mots , c'est sans

doute lui qui a parlé. Ils reviennent sur leurs pas, je m'approche et j'entends distinctement. « Souffrez, ma- » dame, que je vous répète ce que » je pense. Une jolie bouche comme » la vôtre ne doit parler que d'indul- » gence, ne doit plaider que pour le » pardon; laissons le langage con- » traire à ceux à qui il appartient. » Quant à moi, quoiqu'ayant tout » perdu sans espoir de retour, je » voudrais que la Seine devint le » Léthé et que . . . . . » le reste de la phrase m'échappe, ils s'éloignent; mais je vois avec peine que mon oreille ne m'avait pas trompée.

Qu'est devenu monsieur de C*** ? Il semble se multiplier; il est ici, il est là-bas, il est par-tout. Maintenant on vient de l'appeler, et il est sorti en toute hâte, a prié le monde de se réunir dans la rotonde, et d'y atten- dre son retour. Son air affairé a

fourni à la société un nouveau sujet
d'entretien. Bientôt après on entend
le bruit d'une fusée, l'illumination
du jardin est éteinte, tout est dans
les ténèbres, et monsieur de C***
paraît. On se place sur des banquettes
préparées dans le jardin, où le silence règne avec l'obscurité. Dans
le même moment où plusieurs gerbes
de fusées s'élèvent avec fracas et re-
tombent sans bruit en milliers d'étincelles, des sillons de feu font tourner
une immense roue : tout-à-coup, le
pied qui la soutient s'ébranle, se
casse et tombe du côté des specta-
teurs effrayés. La roue toujours en
mouvement , quoique renversée,
les couvre d'une pluie de feu. De
bruyantes fusées parcourent les
rangs, brûlent les robes, renversent
tout, et, toujours redoublant de force,
semblent poursuivre malignement
les dames, qui, jetant des cris aigus,

se poussent, se culbutent, et sautent par-dessus les banquettes renversées à travers les allées du jardin.

Qu'on juge, si l'on peut, du désespoir de monsieur de C*** : il marche au milieu du feu et des débris avec un courage héroïque; il veut absolument savoir la cause d'un tel désastre, et jure de faire éclater sa rage sur les ouvriers maladroits; mais combien cette rage devient plus forte, lorsqu'il apprend, par un de ses gens, que l'accident qui venait d'avoir lieu était la suite d'un ordre *économique* donné sous main par madame de C***, toujours disposée à gêner la magnificence de son mari. Pour construire et placer les pièces du feu d'artifice, on avait pris un mauvais ouvrier, au lieu de s'adresser à un homme entendu; et le pauvre monsieur de C***, tout occupé de ses allégories, ne s'en était pas

douté. Bien décidé à faire connaître
à madame de C*** toute l'étendue
de son indignation, il traverse le
jardin pour aller la trouver. Ces
lieux qui, quelques momens auparavant, étaient plus beaux pour lui que
le jardin d'Armide, lui semblent
maintenant un affreux désert. Persuadé qu'il va trouver dans sa maison
la même solitude, il s'en approche
tristement. Le son aigu de plusieurs
violons qu'on accorde frappe son
oreille: il voit du mouvement dans
la salle de danse; il monte, et à
l'aspect d'un bal aussi animé, aussi
brillant qu'inespéré, il oublie entièrement et sa colère, et la chute
de l'échafaudage, et son amour-propre blessé. O vous, aimables conso-
latrices, filles de la philosophie,
douces compensations de la vie, où
en serions-nous sans vos soins répara-
teurs, où en serait monsieur de C***

sans ce bal qu'il trouve chez lui, lorsqu'il n'y croyait rencontrer que la
solitude et sa femme?

Le premier moment de la frayeur
passé, tout le monde s'était rendu,
du jardin, à l'hôtel de C*** : plusieurs
personnes, que le feu d'artifice avait
maltraitées, étaient parties en murmurant, tandis que cette mésaven-
ture avait, au contraire, augmenté
la gaîté de la jeunesse. Madame de
C*** s'était retirée dans son appartement pour ôter sa robe, qui avait
été entièrement abîmée par le feu ;
comme si le sort eût voulu venger
son mari, en la rendant victime de
sa propre lésinerie. Pendant son absence, Laure avait usurpé les droits
de maîtresse de maison pour ne
point souffrir d'intervalle entre une
danse et l'autre. La grâce et la gaîté
marchaient sur ses pas : les femmes
qui avaient le plus d'éloignement

pour elle, se voyaient forcées, comme les autres, de céder à l'impulsion qu'elle leur donnait : l'accès de folie qu'on nomme la danse a pour moteur la gaîté et pour but le désir de plaire : tous deux inspirent une sorte de cordialité, une confiance momentanée qui distrait de l'envie, et suspend la médisance. Le desir de plaire, comme la gaîté, amène le sourire sur les lèvres, et la douceur dans le regard ; et une femme qui veut charmer, ne désenchante pas l'expression de ses traits par un regard envieux, ou par un sourire amer et sardonique.

Laure continue à être, pendant le reste de la soirée, la directrice et la reine du bal. Son triomphe est complet ; mais plus il est brillant, plus il va lui coûter cher. La baronne de Saint-Elly, active pour le mal, répand indirectement sur Laure le ve-

nin de sa jalousie. Assise auprès d'une
table de jeu , à laquelle se trouvait
une demoiselle de cinquante ans ,
espèce de journal accrédité , et qui
se croyait en devoir de divulguer et
d'augmenter les nouvelles qu'elle entendait raconter , la baronne parla
de sa *jeune amie* avec l'air du plus tendre intérêt , en laissant apercevoir
à travers ce voile perfide tout ce qui
pouvait la perdre dans l'esprit de ses
auditeurs: aussi l'impression qui leur
en resta fut que Laure était pour le
moins folle et coquette à l'excès.
Dans une seule soirée, la baronne
Saint-Elly avait su, d'un côté, la rendre digne de blâme et presque ridicule , malgré sa jeunesse et le charme de sa figure ; et d'un autre côté,
elle était parvenue à briser le scep-
tre de Laure en établissant , entre
elle et ses adorateurs, le ton de la fa-
miliarité , que ces vassaux révoltés

avoient pris pour punir celle qui s'était amusée à leurs dépens.

La belle saison amenait beaucoup de monde à Montpellier. Trois voyageurs distingués, l'un Parisien, l'autre Anglais et le troisième Russe, venaient d'y arriver. Aussitôt toute la ville est en mouvement pour les voir et les connaître. Tous trois jeunes, tous trois agréables, leurs succès dans la société ne pouvaient être difficiles. Ce triumvirat s'était formé à Paris : malgré la différence de leurs opinions et de leurs caractères, ils s'entendaient parfaitement, car ils s'accordaient sur deux points essentiels dans ces sortes de liaisons, le desir de voir et de s'amuser.

Monsieur de Saint-Léon, que des circonstances particulières ont forcé de quitter le service, a consacré son existence à la littérature, aux arts et à la galanterie. Le beau sexe a tou-

jours été son idole. Un joli minois a
tout pouvoir sur son esprit, et il a pour
principe que tout, dans l'univers,
doit être dépendant des femmes, qu'il
appelle *l'attrait de la vie.* Son bonheur était donc de les servir et de
les honorer. Le caractère de Saint-
Léon est souple, ses pensées nobles,
ses manières naturelles : son cœur,
quoique sensible, est cependant incapable d'éprouver une grande passion; sa physionomie, comme son
esprit, est fine, douce et sérieuse:
son regard perçant aurait donné
de la défiance, sans l'expression at-
trayante de son sourire et de son or-
gane.

Le comte Vladimir, jeune Russe
d'une belle tournure, ayant un bras
blessé et en écharpe, un grand front,
où semble siéger l'honneur, les cheveux arrangés *à la Charles douze,* une
mise des plus élégantes, est en même

temps aimable, gai, un peu dispu-
teur, et plus Parisien que les Pari-
siens mêmes pour l'urbanité du langage. Monsieur de Saint-Léon était
devenu son ami intime ; il le con-
sultait sur tout, et voulait avoir l'air
de se régler d'après ses conseils, quoique, d'avance, il fût toujours d'un
avis contraire à celui de son ami, et
ne fît jamais qu'à sa fantaisie. Vladimir n'avait fait aucune étude suivie,
mais il avait effleuré toutes les études, comme tous les talens de société.

Il avait été frappé du ridicule que
quelques-uns de ses compatriotes
s'étaient donné en quittant la tournure guerrière et simple qui leur est
naturelle, pour copier strictement
les manières de telle ou telle autre
nation. Il souffrait de voir en eux
cette affectation qui contrastait si fort
avec le caractère national russe, et

leur disait hautement qu'ils étaient
devenus la charge de ceux qu'ils voulaient imiter. Lorsqu'on connaît un
ridicule, on y tombe difficilement.
Vladimir avait conservé les manières
simples d'un militaire; il avait cherché à les embellir et non à les déguiser, convaincu que l'imitation ser-
vile est au-dessous de la dignité de
l'homme. Toujours sûr de son fait,
ne croyant pas qu'il fût possible qu'il
regardât une femme sans lui plaire;
fort mal vu, grâce à son assurance,
par les dames de haute vertu, il était
très - souvent puni par les moins
rebelles de ne point désespérer de la
réussite de ses soins.

Sir George Kley était au contraire
l'amant le plus transi des trois royau-
mes. Toujours amoureux, il avait
déjà langui et soupiré dans tous les
coins de l'Europe; empressé et ma-
ladroit auprès des femmes, bon vi-

vant, original, et quelquefois spirituel
avec les hommes. Ses deux amis
avaient toutes les peines du monde à
l'emmener d'une ville où il trouvait de la société , bonne ou mauvaise; il fallait chaque fois l'en ar-
racher. L'habitude qui , chez les autres vient à la suite des temps , s'em-
parait de lui au bout d'un jour , et
jetait aussitôt en lui des racines pro-
fondes. En arrivant à Paris , il avait
débarqué à l'opéra ; enchanté des
tableaux variés et pleins de grâce qui
s'y renouvelaient sans cesse, et ayant
appris avec humeur qu'il ne pouvait les admirer que deux fois dans la
semaine , il résolut de s'en éloigner
le moins possible le reste du temps ,
en le passant dans la société des déesses et des coryphées de la danse. Le
lendemain du jour de sa présentation
chez la plus laide et la moins jeune
d'entre elles , il soupirait déjà à ses

pieds. Quelques jours après , il lui offrit son nom, sa main et sa fortune; il était tout disposé à se tuer de désespoir d'avoir été inhumainement refusé, lorsque Saint-Léon et Vladimir vinrent le sauver de cette double sottise, en l'emmenant de Paris.

Sir George a déjà paru dans les meilleurs maisons de Montpellier , il y a vu la baronne de Saint-Elly : ses quarante ans , plus que son esprit, l'ont déjà captivé. Il disait qu'avant cet âge les femmes pouvaient se comparer à des fruits qui ne sont pas mûrs ; et qu'une femme de vingt ans ne peut pas plus être citée comme belle femme, qu'un fruit vert et âpre ne peut passer pour un bon fruit : mais laissons sir George parler à la baronne de son tendre martyre dans un langage aussi difficile à comprendre qu'à prononcer , et voyons ce que font ses deux amis.

Monsieur de Saint-Léon et le comte Vladimir passent les premiers jours de leur arrivée à voir les monumens curieux, les églises, les environs et les établissemens de Montpellier. Le premier examine tout en amateur et en observateur. Il n'était jamais allé dans les provinces méridionales de la France, et il s'appliquait à connaître en détail les différences qui existaient dans les mœurs de chaque province ; celles des Languedociens l'intéressaient infiniment : la douceur de leur idiome, leur musique, leur costume, leurs traditions sur-tout, avaient de vrais charmes pour lui. Les traditions du peuple ont autant d'intérêt pour l'homme penseur, que pour l'homme simple et ignorant qui n'a jamais lu l'histoire de son pays. Ces narrations, pleines de naïveté, qui passent de bouche en bouche, de génération en génération, ga-

gnent, il est vrai, quelque chose
de romanesque ; le merveilleux s'y
glisse souvent ; mais, à travers ces
voiles coloriés, on distingue la vérité;
et c'est encore une agréable occupation pour l'esprit que de chercher à
la démêler, à la dégager des fables
qui la cachent. Les traditions étaient
les seules archives de nos premiers
pères, et sont encore aujourd'hui
l'érudition du peuple.

Saint-Léon visite les professeurs
distingués, les botanistes et les jardins, compare, examine les plantes,
les fleurs rares, ne néglige rien, et
revient tous les soirs déposer sur le
papier ce qu'il a vu, éprouvé et
appris. Le comte Vladimir, qui avait
eu le projet de l'accompagner par-
tout, essaie de porter son attention
sur les objets qu'ils vont voir. Comme
à l'ordinaire, il conçoit au premier
abord avec une promptitude surpre-

nante ; bientôt son zèle se ralentit ;
et il laisse son ami continuer tout
seul ses courses scientifiques.

Notre Russe inspire la plus grande
curiosité, non seulement aux gens
du peuple, mais aussi aux personnes
de la bonne compagnie. Le nom de
Russe a l'avantage de produire encore
au dix-neuvième siècle, dans le midi
de l'Europe, la même curiosité qu'il
produisait deux siècles auparavant :
on y trouve que les Russes ont quelque chose de singulier et d'un peu
barbare, qui réveille l'attention.
Lorsqu'il sortait de chez lui, sa porte
était assiégée d'hommes, de femmes
et d'enfans. L'artisan quittait son
travail pour le voir passer ; les enfans
couraient après lui en se disant tout
bas : *c'est un Russe?* Une vieille co-
mère disait un jour à ses voisins qui
le suivaient des yeux : « savez vous
» bien que ce beau monsieur vient

4 *

» de la Russie ? C'est un pays qui est
» couvert de glaces pendant les douze
» mois de l'année.— Dame oui , re-
» prend une autre , mon fils m'a dit
» que ces pauvres Russes ne se mon-
» trent dans les rues qu'avec un mas-
» que chaud sur la figure.—Bah ! .. en
» ce cas, je ne voudrais pas y montrer
» la mienne ! — Je le crois bien , dit
» l'autre , le soleil ne connaît pas ce
» pays: on dit que les paroles mêmes
» y gêlent dans la rue.— Ah ! que
» n'êtes-vous dans ce beau pays ! »
dit un paysan ennuyé de leur caquet.

Le comte Vladimir ne s'était encore montré qu'aux promenades publiques. Il s'était rendu à la place de
Peyrou à l'heure où s'y rassemblait
le beau monde ; et par une coquetterie assez ordinaire dans les beaux
hommes , il semblait ne point faire
attention à l'effet qu'il y produisait.
Il s'asseyait tout seul sur la terrasse ,

du côté où l'on découvre une plaine immense et délicieuse. Il affectait un air ou rêveur ou distrait, et regardait autour de lui avec une indifférence marquée. Il n'en fallait pas tant pour monter des têtes languedociennes. De jolies coquettes, qui observaient tous ses mouvemens sans avoir l'air de s'en occuper, s'impatientaient de ce qu'un Russe n'était pas plus avide de voir et d'admirer les beautés piquantes du midi ; et les demoiselles, qui par-tout sont un peu exaltées et romanesques, prenaient sa feinte rêverie pour le symptôme d'une grande passion ; elles en faisaient déjà un héros de roman et se disaient en elles-mêmes :

Quoique Scythe et barbare il a pourtant aimé !

Monsieur de C***, qui, comme on 'a déjà dit, n'existait que pour attirer 'lu monde chez lui, était sur les épines de voir que le comte russe n'a-

vait point encore cherché à lui être
présenté : il aurait regardé comme
un déshonneur pour sa maison qu'un
étranger de distinction eût quitté
Montpellier sans avoir été à ses assemblées ; mais Vladimir avait toujours
envie de faire desirer sa présence ,
lorsqu'il pouvait remarquer qu'on le
recherchait ; il n'en affectait alors
que plus de sauvagerie et d'éloignement. Un jour que Vladimir admirait , ainsi que beaucoup d'autres ,
l'effet du coucher du soleil sur la
place du Peyrou , monsieur de C***,
impatienté de le voir si long-temps
garder son air d'indifférence , vient
se placer auprès de lui, et saisissant
un moment où Vladimir a jeté les
yeux sur lui : « Monsieur, vous me
» faisiez l'honneur de me parler ? lui
» dit-il.— Non , monsieur.— Mille
» pardons , monsieur, de vous avoir
» dérangé ; monsieur est Russe, m'a-

» t-on dit?— Oui, monsieur.— Com-
» bien de lieues y a-t-il d'ici là? —
» Mais, à peu-près la même distance
» que de Pétersbourg à Montpellier.—
» Ah!.... Souffrez, monsieur, que
» je vous fasse encore une petite
» question; a-t-on déjà chez vous
» des places et des promenades pu-
» bliques?— Oui, monsieur. — Sans
» doute monsieur n'a jamais vu de pro-
» menade qui approche de la beauté de
» celle-ci.—Si fait, monsieur.—Et où
» donc?—A Pétersbourg, à Berlin, à
» Vienne, et dernièrement à Paris.—
» Ah! monsieur vient de Paris. Oh!
» pour le coup, Paris a dû vous éton-
» ner; vos usages doivent être bien
» différens des nôtres. — Ils en dif-
» fèrent fort peu, au contraire;
» d'ailleurs, il n'est pas aussi aisé de
» nous étonner, que vous paraissez
» le supposer. » Vladimir prononça
ces derniers mots d'un ton si sec que

monsieur de C*** ne savait plus de
quelle manière reprendre le fil de la
conversation. Il parvint pourtant à
la renouer, en offrant au comte de
lui montrer de beaux tableaux qui se
trouvaient chez un de ses amis. Vladimir, malgré son mouvement d'humeur patriotique, voyant qu'il n'était
pas facile de se défaire d'un homme
tel que monsieur de C***, accepta
son offre. Cette course fut arrêtée
pour le lendemain : monsieur de C***
ne manque pas de profiter de cette
bonne disposition pour proposer à
Vladimir de venir passer la soirée du
lendemain chez lui. Le comte russe
promit de s'y rendre : monsieur de
C***, enchanté de cette promesse,
court l'annoncer à ses connaissances,
qui, tout en se moquant de son air
de triomphe, se disposent à venir
voir le voyageur russe avec autant de
curiosité que s'ils allaient trouver en

lui une réunion de toutes les peuplades de la Sibérie.

Les manières de Vladimir plaisent généralement : les femmes sur-tout le trouvent superbe. Son bras en écharpe les intéresse, sa physionomie noble les charme, son parler facile et élégant les étonne : elles sont pourtant un peu blessées de son peu de galanterie, et du laconisme qu'il met dans ses réponses, malgré les peines qu'elles se donnent pour lui plaire : en attendant, les jeunes filles le regardent avec une attention marquée, et parlent de lui avec cet air de mystère, qui est ordinairement, chez les demoiselles, la preuve certaine de l'impression qu'on leur fait. Vladimir connut en peu de jours toutes les sociétés de Montpellier ; il s'attendait bien à y produire de l'effet, mais il était loin de penser qu'il deviendrait l'objet exclusif de l'attention géné-

rale ; un rôle si inattendu l'embarras-
sait et l'impatientait. Il n'est point
rare de trouver cette sorte de timidité dans les êtres qui ont une forte
dose d'amour-propre ; la crainte qu'il
ont de rester-au-dessous de ce qu'ils
veulent paraître , les rend circons-
pects , et les gêne dans leurs actions
et dans leur manière d'être. Vladimir, fatigué d'être le point central
des regards et de l'attention générale,
résolut de s'éloigner des sociétés où
les dames le condamnaient à causer,
et possédaient beaucoup trop bien ,
selon lui, l'art de multiplier les sujets
de conversation. Ce n'était certainement pas ce qui convenait au comte:
non qu'il manquât de moyens , mais
parce qu'étant rarement de l'avis d'un
autre , il aimait à discuter vivement ;
lorsqu'il était à son aise, il se laissait
même aller souvent à la dispute : la
bonne éducation qu'il avait reçue n'a-

vait pas pu détruire en lui ce défaut,
qui était devenu presque un besoin;
cependant le desir de se montrer toujours à son avantage, le tenait en garde
contre lui-même, lorsqu'il se trouvait
avec des personnes qui avaient le ton
de la bonne compagnie; mais cette
contrainte le faisait souffrir : aussi s'en
dédommageait-il amplement dans
l'intimité. Las d'entendre tous les
jours des phrases et d'être obligé d'en
faire lui-même, il se disposait déjà
à ne plus fréquenter désormais que
la mauvaise compagnie dans laquelle
il trouvait plus de bonhomie, lorsqu'une circonstance fit évanouir son
projet. Laure était retenue chez elle,
depuis plusieurs jours, par une légère
indisposition. Son absence, et sur-
tout l'arrivée du comte russe l'a-
vaient presque fait oublier. Vladimir
rencontra le comte d'Eriant chez Saint-
Léon, qu'Hyppolite avait connu

pendant son séjour à Paris. Le comte russe l'ayant trouvé fort à son gré lui demanda la faveur d'être reçu chez sa femme et sa mère : il s'y rendit le jour même. L'âge et l'air de bonté de la vieille comtesse d'Eriant firent une vive impression sur Vladimir : il crut, en la voyant, revoir sa mère qu'il chérissait, et cette ressemblance lui fit trouver la conversation de cette vieille dame mille fois plus aimable que celle des jolies femmes qu'il avait rencontrées jusque-là. Profondément touché de son accueil, il se promit de la revoir souvent. C'est dans cette disposition d'esprit et de cœur qu'il se rendit auprès de Laure. Son attendrissement prit auprès d'elle un autre caractère : sa tête s'exhalta, son cœur fut oppressé ; il craignit de ne plus avoir le courage de s'éloigner de cette maison. Laure, encore un peu souffrante, était à demi-couchée sur

un divan , dans un cabinet élégant et
pittoresquement arrangé. Son petit
bonnet formant une espèce d'auréole
autour de son visage, son teint pâle,
ses cheveux partagés sur le front , le
schal.bleu qui l'enveloppait et qu'elle
serrait sur sa poitrine , lui donnaient l'air recueilli et noble que l'on
trouve dans les vierges de Sasso Fer-
rato. La baronne de Saint - Elly ,
assise auprès d'elle, brodait à la lueur
d'un flambeau à capuchon ; et sir
George, humblement agenouillé sur
un marche-pied, tenait les ciseaux de
la baronne , prêt à couper les bouts
des fils de sa broderie. Vladimir, qui
n'avait rencontré sir George dans
aucune société , sourit en le retrou-
vant dans cette humble attitude. La
conversation devient très-animée,
on ne perd pas le temps à faire des
phrases , on rit de bon cœur; et la
baronne , fière d'avoir à ses pieds un

adorateur aveugle de ses attraits effa-
cés, parle avec plus de grâce et plus de
vivacité que jamais. Elle s'amuse
comme à son ordinaire à taquiner sir
George qui s'en défend comme il
peut, et ne contribue pas faiblement
à entretenir la gaîté dans cette aimable société.

C'était le premier anglais que Laure
voyait de sa vie , son langage serré ,
cet abandon, ce bégaiement, lui paraissaient aussi singuliers que piquans. Vladimir fit bien moins d'impression sur elle , parce qu'elle ne
lui trouva rien de singulier ni de ri-
sible , et que l'on sait que le rire
était son plus doux passe-temps. Elle
ne le trouva que bien, tandis que Vladimir , épris , enchanté d'elle, la tint
pour la plus jolie femme de France
et de l'Europe entière.

Avant de rentrer chez lui, il en était
ou croyait en être déjà passionnément

amoureux ; et le résultat n'est-il pas le même? N'en voit-on pas la preuve dans les pays septentrionaux? Les têtes du nord sont aussi romanesques que celles du midi sont ardentes ; le cœur et la tête des habitons du midi s'enflamment au même instant; chez les habitans du nord, c'est l'imagination qui influe sur le cœur. De même que la terre , dans les climats glacés , exige plus de culture que sous un beau ciel , les sentimens d'un habitant du nord ont besoin d'être stimulés par des pensées romanesques et exaltées, tandis qu'un rien suffit pour allumer une vive passion dans un cœur du midi. Les poésies d'Ossian n'ont certainement pas le même caractère que celles de l'Arioste. On voit dans les premières une imagination vive, mais sévère comme le froid des montagnes, et forcée comme les productions d'un sol ingrat: et l'on trouve dans les autres la fougue du génie qui a puisé sa source dans un cœur brûlant , et qui n'a point travaillé pour produire.

Saint-Léon, occupé à recueillir des notes intéressantes , ne s'était point encore présenté chez la comtesse d'Eriant : mais son ami vint lui parler avec tant d'enthousiasme de cette femme charmante , qu'il se hâta de quitter encre , plumes et papier , pour offrir ses hommages à la beauté, objet constant de son culte. Nous l'avons dit , Saint-Léon aimait à voir les belles femmes , comme on aime à considérer un chef-d'œuvre ; et ne se serait pas plus pardonné de manquer l'occasion d'admirer un beau visage, que de négliger celle de voir un tableau de Raphaël, ou la maison carrée à Nismes.

Les deux amis devinrent en peu de temps les habitués de la maison

d'Eriant. Laure les voyait tous deux
avec plaisir ; mais la conversation de
Saint-Léon lui plaisait d'avantage.
Il était Français ; et toute langue,
sur-tout la langue française, a ses de-
mi-mots, ses choses de convention,
ses *sous-sentendus* du langage familier
qui échappent quelquefois à un
étranger. Les livres où l'on apprend
les langues étrangères, ne nous en-
seignent point les niaiseries fines du
dialecte des salons ; et en amabilité
comme en peinture, chaque école a
son coloris. Saint-Léon racontait à
merveille ; et Laure, dont l'instruc-
tion avait été négligée, et qui avait
en conséquence fort peu lu, l'écoutait avec l'attention et l'intérêt qu'on
apporte à la lecture d'un livre ins-
tructif et amusant. Saint-Léon avait
encore un grand avantage sur son
ami ; il n'était point amoureux, et
l'on sait que l'esprit est rarement

libre quand le cœur ne l'est pas. Il admirait la beauté de Laure : sa bonté, sa gentillesse et ses grâces naïves l'intéressaient vivement ; mais il démêlait ses défauts à travers ses charmantes qualités : il l'aurait desirée plus instruite et moins dissipée; en effet, son imagination était trop vive pour son esprit ; et elle l'emportait beaucoup trop dans la balance. Cette femme intéressante, mal dirigée dans son enfance, traitée par son mari comme un enfant gâté, dont on néglige les défauts pour éloigner de lui toute contrariété, était effectivement telle que Saint-Léon l'avait jugée ; ce qui faisait qu'elle n'avait de mesure en rien, et qu'elle ne savait jamais ni s'avancer à propos, ni s'arrêter lorsqu'il le fallait.

Laure ne s'apercevait point de la passion qu'elle avait inspirée à Vladimir : le voyant successivement gai, pensif, contrariant, silencieux ou empressé, elle lui croyait un caractère capricieux, et quelquefois il lassait sa patience. La pauvre Laure, victime d'un tribunal dont elle ne connaît ni la puissance ni la malice, continue à mener le même genre de vie, et Vladimir, quoique sans aucun espoir de faire partager son sentiment, puisqu'il n'était pas même parvenu à le faire remarquer de celle qui en était l'objet, est cependant plus amoureux de jour en jour; l'heure où il peut se rendre auprès de Laure est la seule qui compte pour lui dans la journée. Il ne desire que la regarder et l'entendre, et tout ce qui n'est point elle, ne lui est plus rien. Saint-Léon, dont il craignait les avis, et que, par conséquent, il évitait constamment, parvint un jour à lui parler de Laure. « Qu'es-» pérez-vous de vos soins, lui dit-il.

» Ne voyez-vous pas que vos vœux
» se sont mal adressés ? Pure comme
» un enfant, Laure ne sait même pas
» comprendre le sentiment qu'elle
» vous inspire, et si elle en était ins-
» truite, peut-être ne voudrait-elle
» plus vous revoir. J'ai bien étu-
» dié son caractère : elle a l'imagina-
» tion vive ; elle aime le monde, les
» plaisirs, tout ce qui l'occupe vive-
» ment ; mais il y a, entre elle et le
» mal, une barrière insurmontable;
» cela est si vrai qu'elle ne croit pas
» même qu'il puisse exister. Mon cher
» Vladimir, renoncez à l'espoir de la
» séduire ; elle nous convertirait plu-
» tôt à la vertu, que nous ne pour-
» rions lui faire concevoir qu'on
» puisse y manquer. — Moi, préten-
» dre la séduire ! s'écrie Vladimir :
» non, non, Saint-Léon, ne le croyez
» pas : je l'adore, je la respecte, je
» ne prétends rien que l'aimer en si-

» lence , et lui consacrer toutes mes
» pensées , ma vie entière. Je sais
» qu'elle est sage : elle est mieux que
» sage, elle est céleste . . . Et moi, je
» suis le plus malheureux des hommes.
» —Voila bien le langage d'un amant,
» dit Saint-Léon, aimer sans espoir.
» Ah ! mon cher Vladimir, cherchez
» à vous guérir, et je vous croirai de
» bonne foi. »

La baronne voyait avec dépit que
malgré les noirceurs qu'elle répandait sous main , sur le compte de
Laure , celle-ci était toujours la plus
belle et la plus remarquée ; que
même, malgré ses détracteurs , elle
était fort accueillie par les personnes
qui tenaient maison , parce que les
plaisirs semblaient ne suivre qu'elle,
et déserter tous les lieux qu'elle ne
fréquentait point. L'artificieuse baronne imagina d'éclairer Laure sur
la passion de Vladimir ; entraîner

cette femme simple et naïve, et se
venger de Saint-Léon, qu'elle supposait mal-à-propos être le rival du
comte russe, étaient à ses yeux des
raisons plus que suffisantes pour suivre son projet; la naïveté et la vive
imagination de Laure l'assuraient de
la réussite de ce plan. L'esprit plein
de ce méchant projet, elle se rend
chez Laure; son étonnement est égal
à son dépit, en y rencontrant Saint-
Léon, bien avant l'heure où il s'y
rendait ordinairement. Il parlait bas
à la jeune comtesse, qui l'écoutait
avec beaucoup d'attention, et qui
reçut la baronne avec froideur et
embarras: celle-ci, affectant la gaîté,
mais ne respirant que vengeance, parut ne pas s'en apercevoir, et Laure,
en l'écoutant, reprenait peu-à-peu
son air serein et son ton amical. Le
moment desiré a sonné pour le tendre
Vladimir; il arrive, tout plein d'a-

mour, cherchant, comme toujours,
à lire dans les yeux de Laure ce qu'elle
éprouve en le voyant; mais à peine
a-t-il fixé sur elle son langoureux regard, que la baronne, prétextant une
affaire qui l'obligeait à rentrer chez
elle, lui demanda de l'y accompagner. Furieux d'être forcée de s'éloigner de celle qu'il était si heureux de
revoir, il maudissait, chemin faisant,
et la politesse et l'usage, quand le baronne fit tomber la conversation sur
le caractère de Laure, ses habitudes,
ses défauts et ses qualités. Bientôt
ces récits l'intéressent à tel point qu'il
ne songe même plus à quitter la baronne : celle-ci cependant, sait, tout
en l'entretenant de l'objet qui l'en-
flamme, diminuer par degrés, et
même sans qu'il puisse s'en apercevoir, le respect que Laure lui avait
inspiré. Elle dépouille adroitement
l'idole de toutes les perfections que

lui prêtait un adorateur passionné ,
mais discret ; et parvient , non seulement à lui faire avouer que Laure
lui a inspiré l'amour le plus vif, mais
même à lui faire concevoir des espérances coupables. La confiance qu'il
avait en lui-même avait été ébranlée
auprès de la pureté et de la candeur;
l'amour l'avait presque éteinte : mais
elle se réveilla tout-à-fait par les ru-
ses de la baronne , qui, comptant
sur le vague qui règne toujours dans
les idées d'un homme bien amoureux,
et craignant le mépris , non par honneur , mais par orgueil , affecta de
prendre avec lui le ton de la bonhomie , et feignit de croire que
Vladimir n'avait d'autre prétention
que celle de se faire plaindre sans
espérer rien de plus. « Elle cher-
» chera à alléger votre peine, lui dit-
» elle ; elle vous plaindra ; et quand
» on aime comme vous , a-t-on be-

» soin de plus ! — Aime-t-elle son
» mari ? interrompit Vladimir en
» tremblant.—Son mari ! oh non ; elle
» ne l'a jamais aimé, reprit la ba-
» ronne ; et comme cette pauvre en-
» fant n'a reçu aucun principe, il est à
» craindre que le desir excessif qu'elle
» a de plaire, ne l'entraîne plus loin
» qu'elle ne pense. Il serait presqu'à
» desirer qu'un sentiment tendre la
» guérît de cette coquetterie que je
» redoute pour elle. Il me semble la
» voir courir au bord d'un précipice
» dont elle ne connaît pas le danger,
» tandis que si elle avait une passion
» dans le cœur, elle serait plus sur ses
» gardes, et par conséquent cour-
» rait moins de risques. » Vladimir
admira la justesse d'esprit de la baronne, et trouva la métaphore admirable, parce qu'elle flattait son
amour et sa vanité.

Lorsque la baronne avait trouvé

5

Saint-Léon parlant bas à la comtesse
d'Eriant, et qu'elle s'était aperçue
de la froideur de son premier accueil,
c'était d'elle dont il était question.
Saint-Léon avait pris la parti d'avertir la trop confiante Laure des propos que la baronne avait tenus contre
elle. Laure en fut affectée d'abord ;
mais comme il lui en coûtait trop de
renoncer à la bonne opinion qu'elle
avait conçue de sa perfide amie, elle
chercha, dans son esprit, mille raisons d'absoudre celle qui travaillait
à la déshonorer ; et se persuada bientôt que les ennemis de la baronne
l'avaient calomniée, et que Saint-
Léon, qui ne l'aimait pas, les avait
crus trop légèrement. Le desir de
se venger fit commettre à la baronne la première maladresse qu'elle
eût fait de sa vie. Elle, en qui tout
est calcul, ne prévoit pas qu'un homme
aussi fin que désintéressé, veille à la

sûreté de l'être confiant dont elle veut égarer l'innocence ; et elle se décide, dès le lendemain matin, à écrire ces mots à Laure :

Venez me voir, mon amie; j'ai fait la folie de recevoir une confidence qui vous regarde plus que moi. Vous seule pouvez prévenir les malheurs que je redoute. Venez.

Laure est saisie d'effroi en lisant ce billet ; et sans hésiter, se rend chez la baronne, qui affecte le plus grand trouble. « Ah ! mon amie, » dit elle, je tremble pour vous. » —Eh! qu'est-ce donc, s'écrie Laure; » expliquez vous, par pitié ! — Le » comte Vladimir sort de chez moi; » ce soir même il doit se battre pour » vous.— Pour moi, grand Dieu !— » Oui : monsieur de R*** a tenu des » propos infâmes sur votre compte; » il a osé soutenir hautement que » vous étiez bien avec monsieur de

5*

» Saint-Léon.— Bien avec monsieur
» de Saint-Léon! et quel mal trouvez-
» vous donc à ce qu'on dise que je
» suis bien avec un véritable ami,
» un honnête homme comme lui?—
» Vous ne me comprenez pas, Laure;
» *être bien* dans le langage convenu,
» c'est être en liaison; en un mot,
» on a dit que Saint-Léon était votre
» amant.— Quelle atrocité! s'écria
» Laure; et qu'ai-je donc fait à mon-
» sieur de R*** pour qu'il me traite
» ainsi? » A ces mots le visage de
Laure est inondé de larmes, et la
baronne profite de ce moment pour
lui conter à la hâte que Vladimir
avait su les propos de monsieur de
R*** ; et que ne pouvant souffrir
qu'on osât attaquer une femme
qu'il adore, il s'était rendu de
suite chez monsieur de R*** pour lui
apprendre à la respecter : que celui-
ci était absent de Montpellier ; mais

devait revenir le soir même, et que Vladimir voulait retourner chez lui aussitôt qu'il serait revenu. Laure, en écoutant ce récit, est émue par la crainte, la surprise et la reconnaissance. Son ignorance des choses du monde l'empêche de faire la réflexion que si Vladimir avait dû effectivement se battre, il ne serait pas venu en prévenir la baronne ; qu'un homme qui veut punir un insolent d'avoir osé attaquer, par ses discours, la personne qu'il aime, n'en fait point la confidence à l'amie de celle qu'il veut défendre, s'il est de bonne foi ; et sur-tout avant d'avoir exécuté ce que son amour et son honneur lui commandent. Laure ne sait quel parti prendre. La baronne, après l'avoir laissée flotter entre plusieurs projets qu'elle combat ou qu'elle rejette, la presse de se décider à parler à Vladimir. « Ecrivez-lui de venir chez

» moi, dit-elle à Laure : vous le ver-
» rez, vous le calmerez : enfin il
» faut à tout prix le faire renoncer à
» un duel, qui, par l'éclat qu'il au-
» rait, vous perdrait pour toujours. —
» Que parlez-vous de moi ? reprit
» Laure ; dois-je penser à moi, quand
» il s'agit d'un homme, qui, victime
» d'une passion que j'ai eu le malheur
» de lui inspirer, va exposer sa vie
» pour moi ? d'un étranger qui de-
» vient mon défenseur contre un
» Français ?... Je ne dois plus son-
» ger qu'au moyen de sauver sa vie ;
» oui, je vais lui mander que je le
» verrai chez vous. » Et aussitôt
elle se met en devoir de lui écrire.

Sir George, qui ne sait jamais rien
de ce qui se passe autour de lui, parce qu'il ne s'embarrasse que de ce
qui se fait au parlement d'Angleterre,
dans l'Inde et aux États-Unis, arrive
en ce moment, plus tendre que ja-

mais, serre la main de sa dame , qui
le salue à peine, et qui lui dit, d'un
ton assez sec, d'aller l'attendre dans
son salon. Sir George s'empare des
journaux , et obéit sans répondre.
Laure écrit , en peu de mots, à Vladimir de venir , vers le soir , la
trouver chez la baronne; elle lui
parle de sa reconnaissance, de l'intérêt qu'elle prend à son sort , et du
desir qu'elle a de lui parler. La baronne , de son côté , raconte par
écrit à Vladimir ce qu'elle a imaginé
pour faire connaître à Laure la passion
qu'il a pour elle , et pour la décider
à le voir dans la soirée même. Elle
lui apprend que le prétendu duel a
produit le meilleur effet ; et qu'il
falloit nécessairement avoir recours
à un événement de cette nature pour
frapper une imagination telle que
celle de Laure: « N'attribuez ma dé-
» marche, ajoute-t-elle, qu'à la pitié

» que vous avez su m'inspirer en me
» dépeignant un amour aussi désin-
» téressé que tendre. Ne manquez
» pas de vous rendre chez moi à
» l'heure indiquée. Je dois, aujour-
» d'hui même, sortir pour terminer
» une affaire importante ; si je tarde
» à rentrer, Laure vous tiendra com-
» pagnie. Armez-vous de sagesse ;
» n'abusez point de la reconnaissance
» que j'ai su lui inspirer pour vous,
» et de ma confiance en votre ex-
» trême délicatesse. »

Les deux billets furent aussitôt por-
tés à Vladimir par le docile Anglais,
qui se garda bien de se permettre aucune question. La baronne lui dé-
fendit de revenir de la journée ; et
sir George, après avoir rempli sa com-
mission, alla tristement secouer son
chagrin en trottant et en galoppant
dans la plaine.

La baronne, qui croyait avoir tout

fait pour la réussite de son projet, n'avait pas songé à la confiance que Laure avait en son mari, et qu'il était bien difficile d'empêcher sans se compromettre. Elle s'en avisa encore à temps, et sut lui persuader qu'en faisant part à Hyppolite de ce qui devait se passer, elle pouvait être la cause d'un autre duel entre lui et monsieur de R***. Quant à Saint-Léon, il devait nécessairement ignorer, selon elle, une histoire dont il était la cause innocente. La crainte de susciter un duel à son mari fait trembler la crédule Laure; elle consent à garder le silence. En quittant la baronne, le souvenir de ce que Saint-Léon lui a dit la veille, revient involontairement tourmenter son esprit : intimidée par la perfide, elle n'ose ouvrir son cœur à son mari, et craint de parler à Saint-Léon. Triste et pensive, elle rentre chez elle, et

demande en tremblant si Hyppolite
est chez lui. L'idée de devoir lui cacher ses actions lui est insupportable;
et pour la première fois de sa vie, elle
est satisfaite en apprenant qu'il est
sorti. « Vladimir m'aime, se dit-
» elle : si j'allais, par l'entrevue que
» je vais lui accorder chez la baronne,
» lui faire croire que je partage son
» sentiment ? . . . Pourquoi exige-
» t-elle de moi ce pénible mystère ?..
» Saint-Léon m'a dit de me défier
» d'elle ; il la croit fausse . . . Dois-je
» donc douter de son amitié pour
» moi ? » Une réflexion en amène
d'autres ; la chaîne des pensées se
forme, et la vérité se développe à
nos yeux. Laure, livrée pour la première fois à elle-même, passe, de la
plus grande sujétion, de la plus
entière confiance, au doute et même
à la défiance.

Les heures s'écoulaient rapidement;

celle où elle doit se rendre chez la
baronne n'est plus éloignée ; et sa
pénible incertitude allait toujours
croissant. On annonce Saint-Léon ;
son nom la glace ; il entre , et son
agitation se peint sur son visage. Elle
craint de rompre le silence , et n'ose
presque le regarder. « Je sais tout,
» madame, lui dit-il; vous êtes indi-
» gnement trompée. Voyez ce que
» l'on tramait contre vous : lisez. » Il
remet le billet que la baronne avait
écrit à Vladimir pour accompagner
celui de Laure. En prenant ce fatal billet, ses mains tremblent, et
après l'avoir lu , elle le regarde
fixément sans presque le comprendre:
ce qu'elle sent fortement , c'est que
le baronne est une femme perfide; et
cette conviction la rend immobile ,
incapable de penser. Saint-Léon la
supplie alors de ne point confondre, dans son indignation , Vladi-

mir avec la perfide baronne. Il lui
apprend que son ami est véritablement inconsolable d'avoir donné lieu
à cette trame odieuse ; qu'à la réception du billet de la baronne de Saint-
Elly , tous ses sentimens d'honneur
s'étaient soulevés contre l'idée de
tromper une femme adorable ; qu'il
était venu sur-le-champ lui remettre
ce billet , en le priant de le porter à
Laure ; et que jamais il n'aurait osé
concevoir la moindre espérance sans
les insinuations de la baronne, qui
seule avait égaré sa raison ; « il ré-
» pète , ajoute Saint-Léon, qu'il ne
» se pardonnera jamais d'avoir pu
» flétrir, même par la pensée, un être
» comme vous : il se trouve indigne
» de vous revoir , et s'éloigne pour
» toujours de Montpellier. Mais il
» vous demande, madame, de ne pas
» le priver de votre estime, sans la-
» quelle il ne pourrait vivre. » Laure

écoute ce récit avec attendrissement;
l'action loyale de Vladimir la touche;
son imagination lui fait voir dans ce
jeune étranger, un vrai chevalier,
un Bayard, qui respecte la candeur
et la vertu. Elle l'élève même au-
dessus du héros-chevalier, en se disant que Vladimir est amoureux, et
que Bayard ne l'était pas : la femme
la plus vertueuse prend toujours une
vive part aux chagrins qu'elle cause
à un amant malheureux. En songeant
au passé, Laure est étonnée elle-
même d'avoir été si long-temps la
dupe de la baronne; elle voudrait
aller l'accabler de reproches; mais
Saint-Léon l'en détourne, et elle se
décide enfin à lui renvoyer le billet qu'elle a entre les mains, en y
mettant l'adresse de sa propre écri-
tura. Comme tout être faible, quand
il prend un parti violent, Laure se
trouve dans un état d'agitation dif-

ficile à exprimer. L'ascendant que la baronne a su prendre sur son esprit lui fait confondre l'empire de la séduction avec celui de l'amitié ; et cette méprise de sentiment rend sa situation plus pénible. Aussitôt qu'elle a renvoyé le billet à la baronne, l'idée qu'elle peut un jour la rencontrer, lui inspire presque de l'effroi : elle redoute l'esprit insinuant de la femme qui a su lui en imposer pendant si long-temps ; elle ne se croit pas en mesure de lui résister, et craint, en restant à Montpellier, de retomber sous sa dépendance malgré elle. En vain Saint-Léon cherche-t-il à la tranquilliser ; l'expression de la mélancolie se répand dans tous ses traits, et l'amitié est forcée de s'en remettre au temps du soin de ramener le calme dans ses esprits.

On sait que Laure avait écrit à Vladimir ; et son billet, tracé à la

hâte, dans un moment où elle trem-
blait pour sa vie, disait peut-être plus
qu'elle ne le pensait elle-même. Elle
eut un instant l'idée de le lui faire re-
demander ; mais ce léger scrupule
s'évanouit devant la crainte de donner une marque de défiance à un
homme qui venait de lui prouver sa
loyauté. Peut-être aussi aima-t-elle
mieux oublier son billet que d'être
elle-même oubliée. Elle laissa partir
Saint-Léon sans lui en dire un mot.

Lorsque Hyppolite apprit tout ce
qui s'était passé, il fut sincèrement
affligé des chagrins que sa chère
Laure venait d'éprouver ; il la plai-
gnit de tout son cœur, maudit la baronne, et se livra à des réflexions
philosophiques sur le caractère des
femmes, presque toujours extrême;
ou généreux, ou perfide, ou faible à
l'excès.

Vladimir, cependant, s'éloigne de

Montpellier: son esprit est sombre, son cœur est serré ; mais l'honneur et son amour-propre sont également satisfaits : le premier lui ordonnait de dévoiler a Laure l'imposture inventée par le vice : il l'a fait ; il est content de lui-même ; le second lui fait éprouver la satisfaction que doit inspirer l'idée d'être aux yeux de la femme qu'on aime un vrai et loyal chevalier : il se flatte même de lui paraître un peu héros de roman.

La baronne de Saint-Elly, dévorée de rage, et voyant qu'elle est dévoilée aux yeux de Laure, projette une vengeance, et s'arrête à la plus facile, qui est la calomnie : plus prompte que la renommée, celle qu'elle a inventée se répand de bouche en bouche. On répète en tout lieu que Laure, après avoir partagé la passion de Vladimir, l'avait sacrifié à Saint-Léon, et que le comte russe était parti de dépit. La baronne ajoute que le scandale de la conduite de Laure étant devenu insupportable, elle avait rompu avec elle pour ne plus en être témoin. Personne ne veut croire à la pruderie de la baronne, mais on croit à la calomnie, et cela lui suffit.

Hyppolite et Saint-Léon, préparés à sa vengeance, et attentifs à la repousser, apprennent bientôt les horreurs qu'on débite sur le compte de Laure. Hyppolite, plus affligé du chagrin de sa femme que de ces bruits qu'il méprise, court chez la baronne de Saint-Elly, l'accable de reproches, et la quitte en lui déclarant que si elle ne dément pas hautement la calomnie qu'elle a répandue, son portrait, écrit avec toute l'éloquence du ressentiment, serait mis dans les papiers publics, et son nom livré au mépris général.

La baronne, anéantie, confondue, se voyant forcée à démentir ce qu'elle avait avancé, dit à tout le monde qu'elle a jugé Laure trop légèrement, que les apparences étaient seules contre elle, et que tout récemment elle en avait eu la preuve. On apprend bientôt l'histoire telle qu'elle s'est passée ; et la baronne, honteuse du rôle qu'on lui a fait jouer, se décide à partir pour Paris, dans l'espoir de rester inconnue au milieu de ce petit univers, où tous les individus, bons et méchans, sont confondus et oubliés. Elle emporte avec elle le mépris des uns et la haine des autres ; et s'exile à jamais de la ville témoin de sa gloire et de son avilissement.

Laure, malgré les soins d'Hyppolite et de Saint-Léon, ne peut se consoler d'avoir été si indignement calomniée. Toujours exagérée, elle prend en horreur le monde et les hommes ; et déclare qu'elle veut se retirer pour la vie , dans le triste château de Livry , chez sa vieille tante ; persuadée qu'en restant à Montpellier , elle y mourrait de chagrin. Hyppolite , effrayé , consentit à tout sans replique , mais se promit bien, tout bas, de chercher à la distraire d'un pareil projet. Il mit Saint-Léon dans ses intérêts ; et ils couvinrent entre eux d'essayer de lui donner le goût de la lecture : on l'engagea à se former elle-même une bibliothèque , composée de livres agréables et instructifs , pour l'emporter dans sa retraite. Comme toute nouveauté , cette occupation produisit en elle un enthousiasme qui diminua bientôt le desir qu'elle avait d'aller vivre dans le château de sa tante. Hyppolite et Saint-Léon l'initiaient , de jour en jour, dans les se-

crets de l'étude, sans qu'elle pût se
douter que c'étoit pour la dégoûter
de son projet. La curiosité de Laure,
qui avait été jusque-là ou éteinte par
l'ennui , ou dirigée vers des objets
futiles , saisissait avec empressement
les lumières qu'on voulait lui donner:
bientôt elle n'aima que l'étude ; et
son seul regret fut de ne pouvoir
tout embrasser à la fois.

Les dames de Montpellier , qui
avaient répété les calomnies inven-
tées par la baronne de Saint-Elly , se
gardaient bien de s'avouer coupables
en lui faisant la moindre avance.
Elles attendaient qu'elle vint les trouver , et lui savaient mauvais gré de
son nouveau genre de vie, tandis que
les jeunes gens la regardaient comme
une reine détrônée , dont on parle
encore avec un reste d'égards , mais
qui n'a plus de droit à des hommages.

Laure ne se montre dans aucune société, et ne vit que dans ses livres; elle apprend à connaître avec Saint-Léon tous les grands poètes français. Son mari s'occupe avec elle de l'histoire et de l'astronomie ; il ne peut s'empêcher d'y glisser aussi quelques notions de la science qu'il préfère à toutes les autres, celle des mathématiques : mais il fallut bientôt qu'il y renonçât pour ne pas perdre le fruit de tous ses soins; car l'imagination de Laure fut effrayée des logarithmes et des racines carrées; et les leçons d'Hyppolite commençaient déjà à la faire bâiller; son zèle allait diminuer, lorsque Saint-Léon s'avisa de lui faire lire les beaux vers de Pétrarque : il parla de Vaucluse. De ce moment, Laure n'eut d'autre idée que celle d'aller visiter ces lieux consacrés à Pétrarque, dont le souvenir est tout amour, génie et grâce.

L'histoire de ses amours poétiques occupa tous ses esprits. Elle voulut partir.
Il fut décidé qu'on irait voir ensuite
les monumens antiques qui se trouvent à Nismes ; mais ce dernier projet l'occupait faiblement. Elle se sou-
ciait peu des anciens et des ruines ;
les uns lui paraissaient sérieux, et les
autres tristes. C'en était assez pour la
dégoûter et des uns et des autres.

Laure, dans sa tristesse, s'était hâtée
d'annoncer son arrivée à sa tante ;
son desir d'y aller s'était évanoui bientôt ; mais elle ne pouvait manquer à
sa promesse ; car l'imagination plus
que passive de madame de Sivry aurait
trouvé fort extraordinaire qu'on préférât Pétrarque à elle, et qu'on renonçât pour Vaucluse à venir dans
son vieux château. Il fallut donc commencer par y aller. Saint-Léon, toujours soumis à la volonté des dames,

fut prié d'être du voyage, et l'on partit.

Nouveaux discours, nouveaux commentaires, aussi méchans que sots, furent répandus à cette occasion sur le compte de Laure, qui, au moindre mouvement, attirait tous les regards sur elle. Pour ne point réveiller la médisance, elle aurait dû rester au milieu d'une société qui avait flétri sa réputation, et lui faire un holocauste de tout ce qui pouvait la consoler du mal qu'elle en avait reçu. Son voyage fut traité de folie, d'extravagance : on ne se souvenait plus de tout ce qu'on lui avait fait souffrir, et on ne lui pardonnait pas de s'en rappeler encore.

Pendant qu'on analysait ainsi ses actions, Laure s'éloignait avec ses deux aimables compagnons de voyage. Montpellier lui était devenu odieux ; elle était contente de quitter cette ville ; et son mari jouissait de voir ses idées mélancoliques se dissiper et fuir loin d'elle, comme la vue des objets devant lesquels ils passaient rapidement.

Après quelques jours d'un voyage plein d'agrémens, ils arrivèrent au château de Sivry. Le cœur de Laure palpite à la vue de la vieille tour du château : en passant sur le pont du fossé, et lorsqu'elle voit s'ouvrir la porte de la sombre cour, ses larmes coulent ; elle descend avec vitesse, monte, vole plutôt, et sa tante vient au devant d'elle dans la grande salle d'entrée ; mais après l'avoir embrassée : « Pourquoi, lui dit-elle, courir et » vous échauffer ainsi ? Vous allez » vous rendre malade. » Ces mots furent suivis d'un sermon sur le défaut des jeunes personnes qui se livrent trop facilement à de vives émotions. On pense bien qu'à ces mots, celle

que Laure avait éprouvée se calma
tout-à-fait. Saint - Léon devina , du
premier abord , la mesure d'esprit
de madame de Sivry, et abonda dans
le sens de ses idées gauloises , pour
s'en amuser tout bas : et madame de
Sivry, qui le croyait de bonne foi,
le trouva fort aimable , parce qu'il
voulut bien l'écouter.

Laure conduisit Hyppolite dans
tous les coins du donjon , pour reconnaître les endroits témoins des
jeux de son enfance. Elle est dans sa
chambre d'étude ; elle montre à son
mari ses cahiers , dont chaque ligne,
chaque rature, est pour elle un souvenir. Elle feuillette ses cartes , ses
dessins ; elle revoit même avec attendrissement son livre de grammaire
qui lui avait toujours été odieux ; et
tout en riant aux éclats , laisse tomber une larme sur sa grande poupée.

Ils passèrent quelques jours chez

madame de Sivry, qui leur fit les hon-
neurs de chez elle avec sa disgrâce
ordinaire; mais, en revanche, avec
toutes les cérémonies d'étiquette
qu'on rencontre en province.

La vieille comtesse d'Eriant vivait
depuis peu dans un château situé
près des sources du Tarn. Elle devait
en partir dans quelques jours pour
se rendre à Paris. Laure oublia la répu-
gnance qu'elle avait pour rendre des
devoirs, et alla trouver sa belle-mère,
dont l'aimable réception, bien opposée à celle de madame de Sivry, la
retint jusqu'au moment du départ
de cette respectable dame, qui savait
embellir la vieillesse par l'indul-
gence et la douce gaîté.

Laure et ses compagnons de route
se dirigèrent vers Avignon à travers
les prairies et les côteaux couverts de
vignes, qui bordent tous les chemins
de cette province.

A la vue des murs élégans d'Avignon, Laure se croit transportée aux jours heureux des troubadours : comme les belles proportions d'un édifice nous rappellent le temps des anciens, de même les créneaux, les tourelles, retracent à notre mémoire le temps de la chevalerie : temps heureux, favori des femmes, où les hommes trouvaient dans leur doux servage la récompense de leurs pénibles travaux.

La lune éclairait les murs de la ville, et se réfléchissait dans le fleuve; elle se montrait à travers les arbres touffus qui ombragent ces murs de charmante structure : un calme parfait régnait par-tout, et n'était interrompu quelquefois que par un vent léger, qui agitait le feuillage et formait des cercles ondoyans sur la surface du Rhône.

Laure brûlait d'impatience de se

rendre à la fontaine de Vaucluse; car rien ne l'arrêtait à Avignon. Le tombeau de la célèbre Laure est détruit; le palais des Papes est en ruine.

Une légère cariole les conduit à Vaucluse. L'amphithéâtre d'énormes rochers qui l'entoure, s'offre de loin à leur vue. Cette masse imposante parle autant à l'ame qu'à l'imagination; un ruisseau charmant, qui forme des torrens et de petites cascades, roule ses ondes bleuâtres au milieu des prairies parsemées de fleurs, et coupées par des groupes d'oliviers et de mûriers. Il conduit nos voyageurs vers la patrie des amours poétiques. Laure saute de la cariole, et s'élance vers un chemin rocailleux, qui passe entre un mur élevé par la nature et le ruisseau de la Sorgue, sur la rive droite duquel on voit le château ruiné des ducs de Vaucluse.

L'onde, qui se précipite en écumant sur des pierres amoncelées, forme un coup-d'œil des plus pittoresques. Nos voyageurs abordent en silence la tranquille fontaine qui surmonte la cascade; au milieu d'elle s'élève une colonne de pierre blanche, dédiée à Pétrarque. Un rocher d'une énorme élévation s'arrondit en demi-cercle d'un côté de la fontaine : on regarde avec émotion les masses imposantes qui semblent mettre à l'abri des outrages du temps les souvenirs que ce lieu renferme. Laure, fatiguée de considérer une nature sévère et aride, tourne les yeux vers la rive opposée de la Sorgue. Elle y voit un jeune homme, qui, précédé par un paysan, marchait le long de la rivière. Qu'on juge de sa surprise en reconnaissant, dans ce jeune homme, le beau Vladimir, que le sort semblait y avoir

conduit tout exprès. Lorsqu'il aperçoit nos trois voyageurs, il s'arrête
sur l'autre bord, aussi stupéfait que
Laure et Hyppolite. Cette scène
muette se prolongea pendant quelques instans ; mais Laure trouva la
rencontre si singulière, la physionomie de Vladimir si plaisante en ce
moment, qu'elle ne put s'empêcher
d'éclater de rire ; et la gaîté de
Laure finit par se communiquer à
tous les autres.

Hyppolite, trop sage pour être
jaloux, va trouver le comte russe,
l'embrasse, et l'entraîne avec lui. Vladimir, encouragé par l'accueil que
lui fait le mari de Laure, se laisse conduire vers elle ; il ose à peine lever
les yeux sur cette femme qu'il a tant
aimée ; mais Laure, en lui parlant
de Vaucluse, de Pétrarque, de ses
sonnets, fait disparaître son embarras. On admire encore la beauté du

site, on s'assied au bord de la fontaine; l'un dessine, l'autre récite
des vers; le troisième chante la jolie
romance de Boyeldieu, où l'on fait
parler les rochers de Vaucluse: Laure
croit voir errer, autour d'elle, l'ombre de cette femme célèbre, dont elle
est fière de porter le nom. Elle se
plaît à répéter ce nom que le poëte
a redit tant de fois dans cette délicieuse retraite, où leurs ames semblent avoir laissé quelque chose
d'elles-mêmes.

Un état d'exaltation ne peut se
prolonger : les esprits se calment, les
imaginations se refroidissent : Saint-
Léon donne le signal du repas.

La journée s'était écoulée sans
qu'on s'en aperçût, et le soleil commençait à décliner : on se décide,
quoiqu'à regret, à s'éloigner de Vaucluse. Laure marche lentement, et
regarde souvent derrière elle.

Nos voyageurs reprirent le chemin d'Avignon ; et Vladimir, retenu par le comte d'Eriant, se laisse conduire avec autant d'obéissance qu'un enfant, auquel on vient de pardonner d'avoir fait des sottises. Le sacrifice qu'il s'était imposé en s'éloignant de Montpellier, l'avait, contre sa propre attente, entièrement guéri de sa passion. Sa pensée était bien éloignée de Laure, au moment où il arriva à Vaucluse ; et lorsqu'elle l'aperçut, marchant d'un air distrait vers la fontaine, il songeait à une jolie femme qu'il avait rencontrée dans une societé de Nismes, et se reprochait de n'avoir pas eu la fantaisie d'en devenir amoureux. A son arrivée à Avignon, Hyppolite reçoit une lettre du Languedoc ; elle était de sir George. Nos voyageurs se réunissent pour l'entendre, et on lit ce qui suit :

Mon cher, je suis logé dans votre appartement : je suis sûr que vous en serez bien aise. Je m'y suis installé en votre nom : j'étais mal à l'auberge ; on y faisait trop de bruit. J'ai le *spleen* ; je ne voudrais voir que vous et votre femme. La perfide que j'aimais m'a abandonné ; elle est partie sans m'en prévenir. J'arrive chez elle le lendemain de son départ ; on me dit qu'elle a pris le chemin de Paris. Je me jette dans ma voiture de voyage et cours sur la route de la capitale. Mais arrivé à Nismes, j'ai changé de résolution, pensant que la baronne ne valoit pas la peine que je courusse après elle : je ne la crois pas très-bonne. Qu'en pensez-vous ? Ne le dites pas à votre femme. elle est son amie. Vous devez être à Avignon : écrivez-moi où vous allez ensuite ; je viendrai vous rejoindre. Bonjour, mon cher.

P. S. Le comte et Saint-Léon m'ont aussi abandonné ; je ne sais où les trouver. Je deviens fou d'ennui.

Le style de cette lettre et la manière d'agir de sir George les amusa tous infiniment ; les trois amis se hâtèrent de lui écrire tous ensemble,

pour lui donner rendez-vous à
Nismes.

Laure, suivie de ses compagnons
de voyage, parcourt les environs
d'Avignon; elle va plus d'une fois sur
les bords de la Durance, près de la
chartreuse de Bonpas. ancien séjour
des Templiers, de chevaleresque et
touchante mémoire. Lorsqu'ils prirent le chemin de Nismes, en s'appro-
chant du pont du Gard, une discus-
sion s'engagea entre Laure et Saint-
Léon sur les anciens et les chevaliers. L'un était profond admirateur
de l'antiquité, l'autre n'aimait que
les créneaux et les tourelles. « Vos
» Grecs, et sur-tout vos Romains,
» disait-elle, ont toujours les sourcils
» froncés, et si parfois ils sourient,
» c'est toujours d'un air sardonique.
» Leurs monumens, dont je n'ai
» encore aucune idée, doivent être
» aussi sombres qu'eux. » Saint-

Léon lui répétait en vain que ce qui
tenait à l'histoire des chevaliers ne
pouvait intéresser davantage, que
ce qui nous rappelle Périclès et
César. « Comment, disait - il, ne
» point desirer connaître ces édifices,
» chargés de siècles et de grands sou-
» venirs historiques, qui nous ap-
» prennent à suivre, dans tous les
» genres, les progrès des peuples
» anciens. J'admire, comme vous,
» l'amour des chevaliers pour les lois
» sacrées de l'honneur. Mais ont-ils,
» comme les anciens, travaillé à faire
» fleurir les arts dans leur patrie?
» nos chevaliers français ne perdi-
» rent-ils pas même le goût de la
» chevalerie, aussitôt qu'ils durent
» en partager l'honneur avec les
» hommes de lettres?—Et comptez-
» vous pour rien, reprit Laure avec
» vivacité, le respect qu'ils avaient
» pour les dames, leur constance et

» les hommages qu'ils nous rendaient?
» tandis que vos peuples antiques
» s'embarrassaient fort peu de cette
» noble galanterie , qui, selon moi ,
» est la base de toutes les lumières. »
On pense bien qu'il était difficile , à
un homme comme Saint-Léon , de
combattre un pareil argument. On
apercevait déjà les arches du pont
antique , témoin de la grandeur des
Romains. Saint-Léon voit avec plaisir l'étonnement se peindre sur la
physionomie de Laure ; il lui fait admirer la noble construction de cet
édifice, qui , réunissant deux montagnes , s'élève en triple rang d'ar-
cades au dessus de l'humble rivière
du Gard : Laure a bientôt, oublié
Vaucluse et ne rêve plus qu'antiquité.

En sortant d'un bois sur la route
de Nismes , nos voyageurs voient
venir au devant d'eux un homme à
cheval , presque couché sur le cou

de sa monture : c'est sir George Kley
qui descend de cheval, arrête la voiture, serre avec force la main de
chacun de ses amis ; et, sans témoi-
gner la moindre surprise en retrou-
vant Vladimir et Saint-Léon dans la
voiture de la comtesse d'Eriant, après
avoir pensé ne les revoir jamais,
remonte sur son cheval et les précède
au grand galop. Le lendemain de leur
arrivée à Nismes fut consacré à par-
courir la ville, à voir les antiquités
qu'elle renferme, à examiner en détail les belles restaurations de l'amphithéâtre, les vestiges du temple de
Diane, et la maison carrée, si belle,
si noble, d'un style si élegant ; en un
mot, digne d'orner la ville de Périclès.

Laure, ne rêvant plus qu'inscrip-
tions, bas-reliefs et fragmens, prend
tellement en affection cette ville,
qui lui offre une nouvelle source

d'étude, d'autant plus attachante qu'elle a du *mystérieux*, qu'elle décide son mari à s'y établir, et les trois amis à y demeurer pendant le belle saison.

On avait mis en vente, dans ce moment, une maison de campagne située non loin de la ville. Elle était entourée d'un petit bois de hêtres; une jolie pelouse se voyait devant la façade de la maison, et un ruisseau qui filtrait au milieu du gazon et des fleurs, vivifiait ce réduit agreste et délicieux. Hyppolite le vit, en fut enchanté, et en fit don à la jolie femme. Il s'y transporta aussitôt avec elle.

Ce charmant hermitage avait appartenu à un vieil antiquaire allemand, établi à Nismes depuis plusieurs années. On pense bien que Laure voulut le connaître. Toutes les soirées furent dès lors employées à examiner, avec lui, des médailles et des pierres gravées. Elle ne trouva bientôt plus de charme que dans sa conversation : mais Hyppolite et ses amis , qui étaient d'un avis tout opposé au sien , faisaient des vœux pour que l'amour de l'antiquité qui possédait Laure ne durât pas long-temps.

Quel fut l'étonnement d'Hyppolite lorsqu'un jour, en rentrant chez lui, il trouva Laure entourée d'antiquaires ; rangés autour d'une table, ils examinaient avec curiosité un morceau de pierre , que le vieil Allemand tenait dans sa main, Hyppolite s'arrête , et écoute. Un antiquaire francais faisait entrevoir en ce moment à l'honorable compagnie que ce morceau de pierre devait être un talon : cette idée fut adoptée à l'unanimité. Un autre savant crut y découvrir des traces de chaussure , qui rappelaient celle des sénateurs

romains. « Il y a à-peu-près mille
» huit cent seize ans , messieurs, re-
» prit alors l'Allemand , que la ville
» de Némoz , ou Nemausus , aujour-
» d'hui Nismes, fut fondée par un fils
» d'Hercule : aucun de vous ne l'i-
» gnore. On a cherché à diminuer
» l'éclat de cette glorieuse origine,
» en attribuant la fondation de la
» ville de Némoz aux Volsques Aré-
» comices; mais la franchise, la droi-
» ture d'un Germain , ne souffre
» point une pareille injustice. Pour-
» riez-vous douter que cette terre ne
» contint des vestiges précieux du
» temps de la colonie... et de quelle
» colonie , messieurs !... d'une co-
» lonie conduite par les fils d'Her-
» cule ! ... Et vous vous contentez
» de vos monumens romains; et vous
» laissez dépérir sous vos pas des
» antiquités grecques , plus hono-
» rables cent fois pour votre patrie,

» que les souvenirs de la nation
» orgueilleuse, qui vous a vaincus et
» soumis ! Grotius dit... mais pour-
» quoi parler ici de Grotius? Ne suffit-
» il pas, messieurs , que j'en appelle
» au devoir de tout Européen, qui
» est d'étendre les lumières, et de ne
» pas peser dans l'inertie , ainsi que
» les peuples de l'orient , sur une
» terre sacrée ? Enfin , messieurs ,
» tout me prouve qu'il ne s'agit que
» de remuer cette terre intéressante,
» pour y trouver des morceaux pré-
» cieux de sculpture grecque. Je
» vous proteste , madame , dit-il à
» Laure , qui l'écoutait avec véné-
» ration , que plus d'une fois , en
» me promenant autour de cette
« maison , j'ai senti une résonnance
» souterraine qui annonce du vide;
» et je suis sûr et certain que , si
» vous y faites faire des fouilles, vous
» y trouverez des choses aussi pré-

» cieuses pour l'art que ce talon, qui
» ouvre déjà un vaste champ à nos
» conjectures. Votre campagne va
» devenir une source de nouvelles
» lumières, madame; faites-y des
» fouilles. L'amour de l'antiquité vous
» en fait une loi. »

Laure, enchantée, trouve cette proposition admirable, l'adopte; et les fouilles sont décidées pour le lendemain. Qu'on juge de l'indignation d'Hyppolite, en songeant que le joli bois doit être labouré, grâce au maudit antiquaire : il ne dissimule point son humeur à la savante assemblée, et cherche, mais en vain, à mettre à la raison sa jolie femme, dont la tête est montée, qui n'entend plus rien, et qui, les yeux fixés sur le soi-disant talon, veut excaver à tout prix. Après mainte et mainte prières, son mari, qui n'a jamais su prendre avec elle le ton d'un maître, obtient la faveur de n'abandonner au fer des ouvriers que la place où ce fatal talon a été trouvé.

Dès le lendemain matin, la procession des ouvriers, portant des pics et des pioches, se rend sur le lieu indiqué. On remue, on coupe, on creuse la terre : Laure est sur les épines: l'Allemand pérore, et Hyppolite veille à ce que le zèle des amateurs ne les emporte au-delà des limites marquées par lui.

Quel fut l'état de Laure et du vieil Allemand en voyant soulever une pierre, suivie d'une quantité d'autres, qui presque toutes ressemblent au prétendu talon, cause de cette triste fouille. Laure, fâchée, confuse, renvoie les ouvriers, et garde un profond silence. « Madame, lui dit » l'antiquaire, je dois convenir qu'il est » impossible de trouver dans un mê-» me endroit une si grande quantité

» de talons amoncelés , mais si vous
» recommencez plus loin. ... » Hyppolite coupe la parole au savant, et
le congédie un peu brusquement,
de peur que Laure, dont il redoute
la promptitude, ne se laisse encore
séduire par quelque extravagance.

La soirée fut d'abord maussade ;
Laure ne voulait point convenir
qu'elle s'était donné un ridicule ;
Hyppolite ne pouvait point oublier
les dégâts qu'on avait faits dans une
partie de son bois. Cependant, vers
la fin de la soirée , le triumvirat d'a-
mis vint rompre leur tête-à-tête ,
et ramena la bonne humeur. Laure
avoua qu'elle avait fait une folie; on
parvint même à lui faire dire que le
vieil antiquaire était un extravagant
ennuyeux; et quant à elle, on décida
que le rôle de femme aimable lui
allait bien mieux que celui de savante.

Deux jours s'étaient écoulés, lorsque sir George vint déclarer à ses
amis qu'il s'était décidé à partir pour
la Laponie suédoise ; il avait, disait-
il, grande envie de voir des équipa-
ges traînés par des rennes. Il ajouta
qu'il n'avait pas de temps à perdre
pour faire ce voyage, puisqu'avant
l'ouverture des chambres , il devait
absolument se retrouver à Londres.
Ce projet fut trouvé aussi original
que l'individu , qui fut sincèrement
regretté. Il est de ces hommes qui,
malgré leur nullité en société , nous
deviennent véritablement nécessaires. C'est ce *je ne sais quoi* qui fait
qu'on s'attache aux murs même , et
qu'on soupire en quittant une ville
ou l'on ne laisse que des objets indif-
férens.

Quant à Vladimir, il ne pensait point
encore à quitter la ville de Nismes ,
et pour une bonne raison : il avait

des dettes. Saint-Léon se laissait
retenir par le comte et la comtesse
d'Eriant, dont le bonheur contri-
buait au sien ; son esprit fin et
délicat faisait le charme de leurs
réunions journalières. C'était lui qui
avait, pour ainsi dire, expliqué à Hyppolite le caractère de sa jolie femme.
Trop occupé de ses livres , celui-ci
ne la connaissait avant que comme un
homme d'état connaît son menage.
Léon lui fit comprendre qu'il fallait
toujours fournir de la nourriture à
l'imagination de Laure , et ne jamais
permettre qu'elle restât oisive. En effet, son imagination, maîtresse absolue
de sa raison, l'exposait soit au danger
des idées romanesques, soit à la dissi-
pation, non moins fatale. Bien persuadé qu'il fallait diriger les élans de
cette imagination si vive, et l'entretenir d'objets nouveaux pour l'empêcher de s'égarer , Hyppolite lui ins-

pira le goût des arts : déjà l'antiquité l'ennuyait : elle acquit des talens , et devint plus studieuse. Cependant elle changeait souvent d'occupation : le chant était abandonné
pour le dessin , le dessin pour la
peinture, la palette pour la harpe.;
Mais un sentiment profond, immuable , constant, vint la fixer à jamais.
Elle devint mère ; et ses goûts, jusqu'alors toujours extrêmes et toujours changeans, furent à jamais en-
chaînés par l'amour maternel.

DEUX TRIBUS DU BRÉSIL,

OU

NABUYA ET ZIOIÉ,

NOUVELLE AMÉRICAINE.

PRÈS d'un lac étendu, dans la partie méridionale du Brésil, vivaient
plusieurs tribus de Topinabous (1).
D'énormes rochers couverts de forêts
cachaient l'horizon du côté de l'o-
rient ; un bois de palmiers répandait ses grandes ombres sur les rives
méridionales du lac, et du même côté
l'on voyait deux habitations simples,
séparées des autres tribus par des
cotoniers touffus : une plaine cou-

(1) Peuplade de sauvages d'un caractère plus doux
que leurs voisins.

verte de toute espèce de fleurs leur servait de tapis. Matogas, vieillard respecté et chef d'une famille nombreuse, composée de ses femmes, de ses deux fils, de ses frères et de leurs enfans, possédait la plus belle des deux habitations : Igapéo était maître de l'autre. Ce dernier venait de perdre son unique compagne ; ayant toujours dédaigné de suivre l'usage qui permet aux Topinambous d'avoir plusieurs femmes, son cœur semblait avoir deviné la constance conjugale, et son heureuse épouse, pendant tout le temps de sa vie, n'avait partagé l'amour d'Igapéo qu'avec les enfans qu'elle lui avait donnés.

Ses deux filles, Zioïé et Nabuya, étaient à peine sorties de l'enfance. Nées le même jour, à la même heure, toutes deux étaient souples comme des roseaux, légères comme de jeu-

nes biches : leur teint rembruni ne
leur ôtait rien de la grâce et de la
fraîcheur , compagnes du bel âge.
Les traits de Zioïé étaient plus déli-
cats , et ceux de sa sœur avaient plus
de noblesse ; Zioïé était vive et
prompte : Nabuya cachait une âme
ardente sous un extérieur doux et
tranquille. Les deux jeunes filles
étaient sans cesse occupées à consoler , à servir leur vieux père : Zioïé
allait tous les matins chercher des
racines , des végétaux et des fruits
pour le repas d'Igapéo ; Nabuya préparait en attendant la boisson laiteuse
qu'on retire du manioc ; et toutes
deux, revenant ensuite près de leur
père, lui servaient de soutien comme
deux belles et fortes colonnes sou-
tiennent un temple à demi-ruiné.

Les fils de Matogas avaient perdu
leur mère bientôt après leur naissance. Le plus âgé se nommait Tanéo ;

7*

il était à la fleur de l'âge : l'autre, plus jeune, s'appelait Mataë. L'aîné, d'une taille noble , plus grand que ne le sont ordinairement les Topinambous, semblait un jeune chêne, droit, fort et élevé. On l'eût pris pour Hercule, lorsqu'armé d'une massue d'ébène , il allait combattre les bêtes féroces , et tendre des piéges aux reptiles dangereux. Son frère, plus faible et d'un caractère plus doux, s'amusait à pêcher dans le lac et à tirer des flèches aux oiseaux.

Après les repas, les deux tribus se réunissaient : les femmes de Matogas et les filles d'Igapéo, s'entr'aidaient pour cultiver les plantations de maïs, d'aipy et de manioc qui entouraient leurs habitations. Les soirées étaient consacrées au chant et à la danse. Les femmes chantaient l'amour , les vieillards, les exploits de la guerre, et les jeunes sauvages chantaient alter-

nativement la guerre et l'amour. Zioïé
dansait bien : la souplesse de son
corps lui permettait de prendre les
attitudes les plus gracieuses, et la
danse donnait à sa physionomie une
vivacité qui brillait sur-tout dans ses
beaux yeux noirs : on l'avait nommée *la belle des deux tribus*. Tanéo
et Mataë avaient ce nom gravé dans
leurs cœurs, et se disaient : heureux
celui dont elle sera la compagne !

Depuis long-temps la plus vive
admiration préparait une passion ardente dans le cœur de Tanéo, et l'intérêt le plus tendre disposait à l'amour
celui de Mataë. Le jour était venu
où les grâces de Zioïé devaient achever enfin la défaite des deux frères.
La jalousie et l'amour se glissèrent
presqu'au même instant dans l'ame
de l'aîné. Eclairé déjà par un sentiment précurseur de la jalousie,
jamais il n'avait parlé à son frère de

la belle des deux tribus, parce qu'il démêlait dans les regards de l'une et de l'autre, le plaisir qu'ils avaient à se trouver ensemble. Il est des jours où la beauté brille de plus de charmes, et où les cœurs sont plus disposés à se prendre d'amour. Un soir la danse avait duré plus long-temps que d'ordinaire ; et lorsque les deux tribus se séparèrent et rentrèrent dans leurs foyers, la nuit était déjà fort avancée : les deux jeunes sauvages emportaient dans leur cœur le doux et âpre poison de l'amour. Mataë se rappelait plus d'un soupir, plus d'un regard ; et, plein d'espoir, appelait le lendemain. Tanéo, inquiet, tourmenté de mille songes, ne se réveillait que pour repasser dans sa mémoire les mêmes regards, les mêmes soupirs, qui faisaient le bonheur de son frère, et dont le souvenir lui rongeait le cœur.

Zioïé cependant n'était pas plus
tranquille ; couchée près de sa sœur,
elle lui parlait ainsi : « Tout dort
» autour de nous, Nabuya : quelle
» *est cette fièvre qui me tient éveillée*
» *et qui me brûle intérieurement?*
» quelle en est donc la cause ? serait-
» ce l'influence du brillant *Taku ?* (1)
» Hier pendant que nous dansions,
» cette étoile parut dans le ciel; mais
» si c'est d'elle que me vient mon
» mal, pourquoi ne pensé-je qu'à
» Mataë? m'aurait-il tiré une flèche,
» sans que je m'en fusse aperçue ? »
Et sa tête tomba sur sa poitrine, et sa
main pressa fortement son cœur :

Nabuya l'embrassa et lui dit : « Ah !
» ma Zioïé, tu souffres, et je souffre
» comme toi; non, non, ce n'est
» pas *l'étoile de pluie* qui cause notre

(1) Autrement *étoile de pluie ;* nom donné à
une étoile qui annonce la pluie parmi ces peuples
sauvages.

» peine; c'est un mal qui vient du
» cœur. Igapéo m'a conté une fois
» que notre mère lui fit éprouver ja-
» dis une peine pareille à celle que
» tu viens de décrire, et que je res-
» sens comme toi. Te souviens-tu du
» jour où j'allai avec Tanéo cher-
» cher des œufs de perroquets, dans
» cette forêt où l'on en trouve dans
» les cavités des rochers et dans les
» troncs des vieux arbres : nous en
» prîmes beaucoup ; et lorsque j'en
» eus rempli ma calebasse, je me
» sentis accablée par la fatigue.
» J'étais brûlée par l'ardeur du soleil,
» comme une fleur par le vent du
» midi. Tanéo m'avait donné son arc
» pour m'aider à marcher ; et en
» m'appuyant dessus, j'éprouvais un
» mouvement de fierté de tenir son
» arme dans mes mains : je marchais
» avec plus de courage. Nous nous
» arrêtâmes auprès du torrent de la

» montagne pour nous désaltérer. Il
» remplit ses mains d'eau, et les por-
» ta à ma bouche : je bus avec une
» avidité extraordinaire ; il me sem-
» blait que mon cœur s'élançait
» sur mes lèvres, tant il battait fort.
» Je lui demandai encore une fois de
» l'eau ; et plus je buvais, plus
» ma soif devenait brûlante. Tanéo,
» ayant pitié de mon état, me prit
» sur ses épaules, et me porta jusqu'au
» bois de palmiers : mes forces renais-
» saient par degrés ; je pus bientôt
» marcher sans son aide. Tanéo
» t'aperçut au milieu de nos planta-
» tions ; il me quitta pour aller te
» joindre : la peine, le dépit que j'en
» ressentis, me rendirent toutes mes
» forces ; je t'évitai pour la première
» fois, ma sœur ! Pardonne : je ne
» sais quel sentiment m'éloigna de
» toi . . . . . Depuis ce temps, je rêve
» sans cesse à Tanéo : quand je dor s

» je le vois devant moi ; je le vois
» près des cotoniers ; je le vois au
» bord du lac : si je lève les yeux
» vers le ciel, je le vois : si je regarde
» la plaine, je le vois encore......
» Mais il ne m'aime pas, ma sœur ;
» il ne me cherche pas : je chante,
» et il ne m'écoute pas ; il ne me re-
» garde que quand il me parle....
» Il soupire auprès de toi, Zioïé.
» Comme il te fixait hier ! comme il
» observait tes mouvemens! » Zioïé
serra sa sœur dans ses bras et chercha à la rassurer sur ses craintes.
Toute occupée de Mataë, elle n'avait
rien vu, rien remarqué : « Je jure
» par le céleste *Tuba* (1), répondit-
» elle, de faire cesser tes tourmens et
» et les miens ! j'irai prier mon père
» de t'unir à Tanéo et de me donner
» pour époux le bon Mataë ; nous

_____

(1) Les sauvages du Brésil nomment ainsi le ton-
nerre, qu'ils regardent comme une espèce de divinité.

» irons en suite demander à Matogas
» de nous prendre dans sa tribu;
» toutes jeunes que nous sommes,
» nous trouverons assez de force pour
» suivre nos époux à la chasse et à
» la guerre même, s'il le faut: et nous
» saurons partager les périls auxquels
» ils s'exposent. »

Les deux sœurs s'embrassèrent encore, et quittant le hamac sur lequel
elles étaient suspendues l'une et
l'autre, et où elles avaient en vain
cherché le repos, elles allèrent se
baigner dans le lac avant le réveil
de leur vieux père. Tanéo avait déjà
quitté sa demeure; il était allé dans
le bois de palmiers, et cherchait à cal-
mer son agitation en respirant l'air
du matin.

Zioïé et Nabuya, après s'être bai-
gnées, regagnèrent le rivage; elle se-
couèrent leur longue chevelure, lisse
comme les herbes aquatiques qui les

entouraient, mirent au-dessus de leurs fronts leurs bandeaux de plumes; et ayant attaché leurs ceintures de feuillage, elles prirent le chemin de leur habitation. Mataë, debout sur le seuil de sa porte, les aperçut de loin : « Belle des deux tribus, dit-il » à Zioïé en s'avançant vers elle, je » voudrais te parler. » Zioïé baissa la tête et quitta la main de sa sœur qu'elle tenait dans la sienne; Nabuya comprit ce langage et alla rejoindre son père. La belle des deux tribus marchait auprès de Mataë; et sans se dire un mot, tous deux prenaient le même chemin; ils arrivèrent au grand palmier. A leur approche, un nuage d'oiseaux de toutes couleurs s'éleva au-dessus du grand arbre qui leur servait d'abri, et rassurés aussitôt, les perroquets, les tuias et des oiseaux de toute espèce vinrent se poser tout près de leurs hôtes qu'ils

saluèrent de leurs chants. « Arrêtons-
» nous ici, dit Mataé à son amante.
» Écoute moi, Zioïé, toi, plus belle
» que l'étoile du matin, toi dont les
» cheveux sont plus noirs que l'ébène,
» toi dont les yeux brillent comme
» le reflet du soleil sur la surface des
» eaux, ó ma Zioïé, je t'aime ! » La
jeune sauvage, simple et naïve
comme l'enfant de la nature, lui ten-
dit la main, serra contre son cœur
celle de Mataë, et lui apprit qu'elle
l'aimait aussi : « Je vais me jeter aux
» pieds de mon père, dit-elle, tu
» embrasseras les genoux du tien, et
» nous serons unis : » Alors il lui jura
par l'astre du jour, qui se levait en
ce moment, de l'aimer jusqu'au tombeau : à ces mots, elle prit le brillant diadême de plumes qui ornait
le front de Mataë, et le portant à ses
lèvres, lui donna en échange le sien,

comme gage d'amour et de constance.

Tanéo sortait du bois au moment
même où Zioïé prenait la main de
son frère ; il la voit, se précipite à
travers les arbres, et se trouve derrière le grand palmier qui prête son
ombre aux deux amans. Il s'arrête,
retient son haleine, et avale à longs
traits le venin de la jalousie, en écoutant les douces paroles et les sermens
de Zioïé et de Mataë, qui, sans le
voir, ivres de joie l'un et l'autre,
prennent le chemin de la maison de
Matogas.

La fureur concentrée de Tanéo le
tient longtemps glacé, sans qu'il
puisse détacher ses pieds de la terre;
mais cet état de stupeur, faisant
bientôt place au désespoir, il jure
de fuir des lieux affreux pour lui,
et sans jeter les yeux sur le toit de ses
pères, il gravit le rocher en poussant

des cris de rage et s'enfonce dans la
forêt. Mais emportant avec lui la
flèche empoisonnée de la douleur,
il cherche en vain dans sa course rapide la suspension de sa douleur.

Nabuya était alors avec son père :
assise auprès de lui, elle arrangeait
des flocons épais de coton, qu'elle se
préparait à filer. Elle attendait, avec
une inquiétude qu'elle prenait pour
l'espérance, le moment où sa sœur
et elle allaient avouer leurs sentimens au vénérable Igapéo. Elle ne
pouvait penser que, dans cet instant
même, Tanéo fuyait loin d'elle, et
détruisait toutes ses espérances de
bonheur. Mataë et son amie arrivent
dans ce moment ; ils se prosternent
devant Igapéo; et le jeune sauvage
lui conte naïvement la tendresse que
sa fille lui a inspirée ; Zioïé confirme
ce récit simple et touchant : «Ma
» sœur, ajoute-t-elle, te demande

» comme moi, d'être unie à celui
» qu'elle aime : Tanéo a touché son
» cœur ; exauce nos vœux, ô mon
» père! » Le vieux patriarche leur
permet de s'aimer et de devenir
époux. Aussitôt, il va prendre deux
sacs d'écorce, dont chacun conte-
nait autant de châtaignes que ses
filles avaient vu de fois, depuis leur
naissance, lever l'étoile de pluie (1) ;
et après avoir mis ces fruits entre
leurs mains, ils se rendirent tous à
la demeure de Matogas.

Igapéo, appuyé sur l'épaule de
chacune de ses filles, marchait dé-
vancé par Mataë, qui sautait et bon-
dissait de joie. Ils trouvèrent Matogas au milieu de sa nombreuse famille : l'on voyait plusieurs femmes
occupées à laver différentes racines,
d'autres réduisaient le manioc en pâte

(1) C'est la manière dont les sauvages brésiliens
comptent leur âge.

farineuse, et en recueillaient la farine dans un vase de bois de lentis-
que. Des enfans suspendus dans des
hamacs, se balançaient et jouaient
entre eux. Les hommes aiguisaient
leurs lances et leurs flèches, et le
sage Matogas préparait un baume
salutaire contre les piqûres veni-
meuses du *gekko* (1). Lorsqu'il
vit entrer son voisin, il alla vers
lui, lui présenta la main, et le pria
de s'asseoir près de lui. Alors Igapéo
fit approcher ses filles, leur fit ouvrir
les sacs qu'elles avaient apportés: les
châtaignes furent posées devant le
vieux guerrier; et Igapéo lui dit le
sujet de sa visite, et lui fit voir, par
le nombre des fruits, l'âge qu'avait
chacune de ses filles. Matogas mit à
son tour, devant son voisin, les châtaignes qui marquaient le nombre

(1) Espèce de serpent.

des années de ses deux fils. On en compara la quantité de part d'autre, et les deux mariages furent conclus. Les enfans baisèrent les pieds de leurs pères, et on décida de donner un repas le jour même, en l'honneur des deux époux ; les soins ordinaires du ménage furent abandonnés aussitôt pour préparer la fête.

Tandis que Mataë serrait son amie contre son cœur, et lui prodiguait des paroles d'amour, Nabuya inquiète, agitée, regardait sans cesse autour d'elle, sortait sur le seuil de la porte, rentrait aussitôt, et parcourait toute la demeure de Matogas ; puis, les larmes aux yeux, se plaçant auprès de son père, elle entendit la promesse que les deux vieillards se faisaient mutuellement de l'unir bientôt à Tanéo. Nabuya frémit en écoutant leurs discours ; un vague pressenti-

ment lui faisait éloigner de son esprit toute idée de bonheur. Elle
sortit de la maison , et laissa cou-
ler ses larmes.

Un sauvage d'une autre tribu descendait alors du haut de la montagne; il portait sur son dos les pro-
duits de sa chasse, et marchait vers le
lac. Nabuya, qui l'aperçoit , se précipite au-devant de lui , et lui ayant
dépeint les traits de Tanéo , lui demande s'il l'a rencontré: « Je l'ai vu,
» répond-il, bien au-delà de ces ro-
» chers ; il descendait du côté de la
» mer: si vous vous intéressez à lui,
» d'où vient que vous ne l'avez point
» suivi ? Il erre de tout côté comme
» un enfant qui a perdu sa mère , et
» paraît atteint de quelque mal. Je
» lui ai demandé le nom de sa tri-
» bu , afin de le ramener à la de-
» meure de ses pères ; mais il a gar-
» dé le silence; et voyant que je ne

» voulais pas le quitter, il s'est tour-
» né sur moi avec fureur, tel que le
» kuandu (1) aux longs dards : j'ai
» abandonné ce malheureux à son
» triste sort, et il a disparu à mes
« yeux. Son esprit est sans doute
» égaré. » Nabuya, les regards fixés
sur le sauvage, semble dévorer ses
paroles : « Oui, je le suivrai, s'écrie-
» t-elle, et je saurai l'atteindre. Je
» m'attacherai à ses pas. Etranger,
» par pitié, montre-moi le chemin
» qu'il a pris. » Le sauvage, touché
de la voir en cet état, lui fait signe
de le suivre ; et sans songer qu'il enlève une fille à son père, il prend
avec elle le chemin de la montagne.

Le père de Tanéo, supposant
que son fils était allé, comme à
son ordinaire, chasser dans la forêt, avait été long-temps tranquille ;

(1) Espèce de cochon sauvage et féroce.

mais la crainte le saisit lorsqu'il
s'aperçut que le jour était avancé,
et que son fils ne revenait pas.
Il appelle Mataë, et lui demande
en tremblant des nouvelles de son
frère. Mataë ne l'avait point vu depuis le moment où il avait quitté
la maison. Les femmes furent aussi
appelées et questionnées tour-à-
tour. L'une l'avait vu prendre son
arc d'ébène et ses flèches ; l'autre
l'avait aperçu non loin du bois
de palmiers ; chacune ajoutait des
détails qui n'apprenaient rien de
positif sur le compte de Tanéo.
Matogas se livre aux alarmes, et
les angoisses de son cœur paternel sont partagées par le vieux
Igapéo, qui demandait en vain sa
fille Nabuya. Zioïé parcourt tous
les lieux voisins ; elle appelle sa
sœur à grands cris ; mais le vent
emporte sa voix, et ses recher-

ches sont inutiles. Mataë court en
même temps vers le bois de palmiers, en répétant les noms de
Tanéo et de Nabuya; et l'écho
seul redit ensemble ces deux noms,
que l'amour n'avait point réunis.

Igapéo et Matogas ne se lassaient
pas d'envoyer de toute part pour
chercher leurs enfans. Ils se déci-
dèrent enfin à s'adresser à un magicien renommé, qui vivait dans
le tribu d'Igapéo, dans l'espérance
que son art leur découvrirait la
cause d'un événement aussi inattendu. Les deux tribus se rendent
chez le magicien; on enfonce une
longue perche à l'entrée de sa sombre chaumière (1), et chacun y
suspend quelque offrande pour
apaiser l'esprit malfaisant. Matogas

(1) Manière dont les sauvages consultent l'esprit
malfaisant ou génie du mal, et dont ils cherchent
à l'apaiser.

y attache d'un air fier, le crâne
d'un des ennemis qu'il avait vaincus, et les jeunes sauvages regardent avec respect cette marque de
sa vaillance. Igapéo y dépose une
mesure de manioc, produit d'un
champ qu'il avait ensemencé. Mataë
suspend au haut de la perche deux
perroquets de couleur brillante,
qui portaient encore dans leurs
flancs les flèches que le jeune sauvage leur avait tirées : et les femmes
offrirent à leur tour des bracelets
de plumes et des pierres brillantes
qui ornaient leurs oreilles et leurs
lèvres.

Le magicien consulta les esprits:
après avoir répété plusieurs mots
mystérieux, accompagnés de gestes et
de sons lugubres, il déclara aux
assistans que l'esprit malfaisant n'était
apaisé qu'à demi, et qu'en ce jour
il n'apprendrait rien sur le sort des

deux absens. Les tribus le quittèrent, en murmurant contre lui, et
les deux pères en s'arrachant les cheveux de désespoir.

Cependant Nabuya traversait la
forêt; elle se trouve au milieu d'une
enceinte révérée, formée par la nature, et où les tribus du pays venaient ensevelir les corps de leurs
parens. Nabuya se souvient de sa
mère, et s'arrête pour aller pleurer
sur sa tombe. « O tombe de ma
» mère! reçois mes adieux, dit-
» elle; et si tu entends les sou-
» pirs de ton époux dans ce séjour
» de plaisirs éternels , dont tu
» jouis au-delà des montagnes (*),
» ô ma mère! daigne suspendre
» un instant tes jouissances, pour
» plaindre son sort et le mien. »
» En achevant ces mots, elle prend

(1) Idée qu'ont les Brésiliens d'un lieu où, après
leur mort, leurs âmes jouissent d'un bonheur éternel.

une pierre qu'elle place sur la triste
tombe, et jette quelques plumes de son
bandeau sur ce simple monument.
Jalouse de regagner les momens consacrés au respect des tombeaux, elle
hâte sa marche et entraîne son guide.
Ils arrivent enfin au chemin étroit
et rocailleux qui conduit du côté de
la mer. La jeune fille renvoie le bon
sauvage, en le remerciant par un
regard, et après avoir pris de lui de
nouveaux renseignemens, elle continue sa route. «Tanéo! Tanéo!
« s'écriait-elle en marchant, entends
« la voix de Nabuya; elle meurt de
« peine et d'amour, et tu l'ignores
» et tu la fuis! Tanéo! Tanéo!» En
appelant ainsi, elle écartait les branches des arbres pour regarder de toute
part; elle montait sur chaque pierre,
et alongeant son cou pour voir au-
dessus des arbustes, elle ralentissait
sa marche et écoutait attentivement:

8

mais elle n'entendait autour d'elle
que les cris perçans des perroquets
et le bruit que faisaient les oiseaux
et les singes, en sautant et en se ba-
lançant sur les arbres. La lumière du
jour était sur son déclin ; tous les
objets s'obscurcissaient aux yeux de
Nabuya ; des ombres prolongées
annonçaient l'approche de la nuit,
et Nabuya resta bientôt dans les ténèbres ; la nuit la surprit presqu'aux
pieds d'un rocher, sous une voûte
épaisse, formée par des branches
entrelacées par la nature. L'obscurité la force d'interrompre sa course
rapide ; et la fatigue, jointe à l'acca-
blement de la pesante douleur, af-
faisse son corps aussitôt qu'elle s'arrête. Elle essaie encore d'avancer ;
mais aussitôt elle tombe sur l'herbe
et ses forces l'abandonnent.

La douleur repousse quelque
temps le sommeil loin des yeux de

Nabuya; mais enfin elle se lasse de combattre, et Nabuya s'endort. Des songes pénibles remplacent dans son esprit les tristes pensées ; mais le souvenir importun de la triste réalité, sur lequel le doux sommeil n'a qu'un pouvoir momentané, la réveille en sursaut et fait palpiter son cœur. Elle soupire, les larmes coulent le long de ses joues, et ses yeux se referment : ils se rouvrent bientôt pour attendre la première heure du jour : Nabuya se reproche les heures qu'elle a consacrées au repos. L'aurore ouvre les portes du ciel, et Nabuya a depuis long-temps recommencé sa marche : une pente insensible la conduit dans une vallée étroite et sablonneuse, qui aboutit à la mer. Elle se dirige vers ses bords, appelle Tanéo, l'appelle encore, mais le bruit sourd des vagues de la mer étouffe sa voix ; elle monte sur une

8*

des collines qui bordent le vallon ;
une autre vallée plus vaste se déploie
devant ses yeux. Elle avance , et en
la traversant , ses regards furtifs s'arrêtent sur une masse de terre, située
près des bords de la mer. Son cœur,
sa pensée, son ame , volent vers cet
endroit : une voix secrète lui dit : *il
est là*. Elle voit des traces d'homme
imprimées sur la sable ; elle tressaille
et suit cet indice qui la mène vers le
lieu que son cœur lui avait indiqué.
Elle s'approche et se trouve à l'entrée
d'une caverne obscure et profonde.
L'oreille aux aguets , le cœur attentif, elle croit entendre des soupirs :
elle entend distinctement ces mots ,
qui font circuler l'effroi dans ses veines : « Ah ! jour affreux, jour que je
» déteste, je te revois encore : quand
» cesseras-tu d'offusquer ma vue ? »

Au son de cette voix qu'elle reconnaît trop bien, Nabuya perd le cou-

rage qui l'avait soutenue au milieu
des forêts : à l'instant où elle peut
revoir celui pour qui elle a bravé
tous les dangers, ses genoux fléchissent, et sans pouvoir faire un pas,
elle tombe à genoux près de l'entrée
de la caverne. Tanéo, les yeux ha-
gards, les cheveux en désordre, sort
de sa retraite en s'écriant : « Cruelle
» Zioïé ! et toi, frère odieux ! vous
» ne jouirez pas de la vue de mes
» tourmens ; je les ferai cesser avec
» ma vie. » Aussitôt, il s'élance vers
la mer. Nabuya vole au devant de lui,
et embrassant ses genoux : « Arrête !
» lui crie-t-elle, je ne te quitte pas :
» renonce à ton affreux projet. » Tanéo, stupéfait, la regarde, veut parler, et jette un cri de surprise en
reconnaissant la sœur de Zioïé. Ses
traits retracent à sa mémoire toutes
les douleurs à la fois ; et sa jalouse
rage allait éclater en injures, lorsque,

revenant à lui , la pitié arrête la violence de son égarement. Nabuya,
étendue à ses pieds , semble tou-
cher à son dernier moment , ses yeux
se ferment et son corps se roidit.
Tanéo, effrayé de son état, la porte
dans ses bras jusqu'au fond de la caverne : il pose sa tête sur ses genoux,
souffle fortement sur son cœur et en
peu d'instans parvient à la ranimer.

Lorsque Nabuya ouvrit les yeux ,
et put, à travers le nuage de larmes
qui les couvrait , distinguer les
traits de Tanéo , elle se crut transportée dans le séjour des délices éter-
nelles. Elle ne pouvait cesser de regarder celui qui la soutenait et qui lui
prodiguait des soins: l'intérêt qu'il lui
témoignait , répandait un rayon de
consolation sur son cœur ; mais ses
idées se rassemblant peu-à-peu, son visage fut de nouveau inondé de larmes,
lorsqu'elle se souvint des mots cruels

qu'elle avait entendus. Tanéo, rassuré sur son état, lui dit: « Jeune
» fille, que viens-tu chercher dans
» ces lieux? ils sont consacrés au
» désespoir; fuis loin d'ici, laisse-
» moi finir mes tourmens; ta com-
» passion devient barbare en prolon-
» geant une vie que je déteste : et si
» tu connais mes tourmens, si tu me
» plains, va conter ma mort à ta
» sœur, et dis-lui que je péris pour
» elle. » Nabuya ne songeant qu'à
prévenir un malheur qu'elle redou-
tait plus qu'aucun autre, cache son
amour sous les dehors de l'humanité,
et renferme ses douleurs dans son
cœur oppressé. « Loin de toi ce dé-
» sespoir, dit-elle à Tanéo, rappelle-
» toi ton père, vis pour lui; et si
» l'amitié ne s'est point importune,
» souffre-moi près de toi: ah! ne me
» refuse pas. — Moi vivre! moi les
» revoir! non, Nabuya, je ne puis

» même supporter l'idée de leur bon-
» heur : j'ai fui nos foyers pour tou-
» jours ; mon exil ne finira point Mais,
» toi, Nabuya, toi, belle comme un jour
» de printemps, que feras-tu dans ces
» déserts ? Retourne dans nos tribus.
» Faite pour le bonheur , tu ne peux
» comprendre ni ma jalouse rage , ni
» les maux affreux qui me déchirent;
» tu n'as pas encore aimé , tu es heu-
» reuse !.. .— Heureuse ! moi heu-
» reuse ! Tanéo, connais mon cœur ,
» et vois ce qu'il endure : chacune
» de tes paroles est une flèche aiguë.
» Non, je ne peux supporter l'idée
» de paraître heureuse à tes yeux, tan-
» dis que je languis pour toi. Tanéo ,
» par pitié, ne me repousse point; j'ai
» parlé une fois pour toujours. »

Tanéo, trop absorbé par un autre
sentiment, avait ignoré jusque-là
l'amour de Nabuya. Il l'avait toujours
vue avec un tendre intérêt , seu-

lement parce qu'elle était la sœur de
Zioïé. Un aveu si inattendu fit sur
son ame brûlée par une passion malheureuse, l'effet d'un baume onc-
tueux, qui, sans fermer la plaie, y
répand une fraîcheur bienfaisante. Il
prend la main de Nabuya, la serre
d'une manière expressive et après un
long soupir : « Nabuya, lui dit-il,
» reste auprès de moi ; ta présence
» soulagera ma douleur. » Dès-lors
Nabuya ne le quitta plus, et, voulant
l'éloigner de cette agreste et triste
caverne, elle le décida à l'abandonner aussitôt, pour s'établir dans un
lieu moins désert. Tout en chemi-
nant le long de la mer, une vallée
délicieuse s'offrit à leurs yeux, l'air y
était embaumé par un champ d'ananas, qui lui donnait une teinte
dorée. Une cascade, qui se précipi-
tait du haut d'une montagne escarpée,
traversait le vallon, et se perdait

dans un bois de châtaigniers et de mangas chargés de fruits ; la vue de la mer achevait de rendre ce séjour enchanteur. Tanéo, malgré sa profonde tristesse, fut ému d'admiration et devint moins sombre le reste du jour : il accepta même les fruits que Nabuya lui présenta, et la remercia de ses soins. La nuit vint : la brise de mer répandait dans ce lieu une atmosphère douce qui disposait au sommeil. Tanéo s'endormit sous un arbre touffu, et Nabuya, assise près de lui, veilla pour éloigner les insectes incommodes qui pouvaient troubler son repos. Tanéo, dont le cœur était généreux, sentait tout le prix de ces tendres soins : mais insensible à l'amour de Nabuya, il avait pitié de ses peines, et lui cachait sa passion. Au bout de quelques jours, la reconnaissance d'un côté, et la tendresse de l'autre, éta-

blirent entre eux une douce confiance, un langage caressant : l'ascendant de l'habitude fit éprouver à Tanéo un sentiment nouveau , qui lui
rendit la présence de Nabuya toujours plus nécessaire. Celle-ci le suivait en tous lieux , comme la brebis
qui suit son pasteur. Aucun danger
ne l'arrêtait. Lorsque Tanéo, dont le
courage ne restait jamais oisif, allait
dans les forêts combattre des animaux
féroces , tels que le kuandu , le tigre et le léopard , elle s'armait
comme lui , partageait ses périls , et
lançait elle-même des traits avec
adresse. La chasse, en exerçant leur
courage, leur fournissait encore des
moyens de subsistance, et la mer leur
prodiguait aussi ses riches dons : ils
ramassaient chaque jour sur ses bords,
une quantité innombrable de coquillages, d'œufs de crocodiles, ou de tor-
tues. Un radeau léger, formé de quel-

ques pièces de bois, les conduisait au
milieu de la mer ; ils y prenaient une
foule de poissons avec une perche
flexible, qu'ils avaient faite de bois
de timbo, et à laquelle était adaptée
la dent d'une lamproie (1) qui leur
servait d'hameçon. Ainsi se passaient
les jours ; les soirs étaient employés
au travail casanier. Tanéo avait cons-
truit au milieu du bois, deux petites
cabanes de branchages, vis-à-vis l'une
de l'autre ; et Nabuya s'était amusée
à la tapisser intérieurement de
mousse et d'écorce d'arbres. Après de
longues recherches, elle découvrit,
à quelque distance, une plantation
de cotoniers, que des sauvages errans
avaient abandonnée. Elle y fit une
provision de coton, et en peu de
temps en forma plusieurs filets pour
prendre des oiseaux ; puis deux hamacs, qu'elle suspendit à l'entrée de

(1) C'est ainsi que les sauvages prennent le poisson.

leurs deux champêtres réduits : ils y passaient les nuits quand le ciel était pur; mais lorsqu'un ouragan s'élevait dans l'air, ils se retiraient dans leurs petites huttes jusqu'au retour de beau temps.

Un jour, allant à la chasse des singes, dont la forêt était remplie, Nabuya entend à quelques pas d'elle, le bruit sourd que produisait un serpent, en se glissant au milieu des hautes herbes qui le cachaient entièrement. Elle s'avance vers l'endroit d'où part le bruit, s'arrête, écoute, essaie d'avancer encore, et pose son pied sur un serpent terrible, qui s'élève aussitôt devant elle, sillonne comme l'éclair, et s'entortille autour de sa jambe, qu'il perce de son dard empoisonné. Le venin a déjà coulé dans ses veines : Tanéo entend les cris de Nabuya, accourt et la trouve pâle, à demi-morte; il voit l'affreux reptile

se détacher de sa proie et s'éloigner
en sifflant : fulminant de colère , il
déracine un jeune arbre qui lui sert
de massue, se précipite sur le monstre
et l'écrase d'un coup. Le languissante
Nabuya, sans force, sans couleur, étendue sur l'herbe, pousse des gémissemens prolongés. Tanéo la prend dans
ses bras : chargé de ce précieux fardeau , il arrive à sa hutte et l'y dépose ; il court aussitôt chercher de
la racine de turméaque , qui crois-
sait autour de leur demeure. Le venin
qui, en attendant, faisait de grands
progrès , causait de fortes douleurs
à l'intéressante sauvage. Tanéo, après
avoir broyé la racine avec ses dents,
l'étend sur une large feuille , et l'ap-
plique à la partie attaquée. Les élan-
cemens deviennent moins forts ; la
racine s'imbibe de venin ; la chaleur
diminue , et à chaque nouvel appa-
reil l'espoir augmente dans le cœur

de Tanéo. Il s'y livre pourtant avec
crainte, et assis auprès de Nabuya,
il la regarde fixément et garde un
silence inquiet. Celle-ci commence
à reprendre ses forces; ses yeux
sont moins ternes; elle jette un regard tendre et rassurant sur celui qui
lui rend la vie, et ce regard a parlé.
Tanéo attendri, hors de lui, se jette
à genoux devant elle, en prononçant
ces mots avec force : « O fille ado-
» rable! qui souffres à cause de moi,
» qui as tout quitté pour me suivre!
» ô Nabuya! je me rends au charme
» de tes vertus et de ta constance.
» Forêts, ondes pures, plantes, ro-
» chers et lumière du jour! je jure
» par vous de lui consacrer ma vie.
» Tes soins plus doux que le suc de
» l'ananas, ton ame aussi grande que
» la mer qui se déploie à nos yeux,
» ton patient et fidèle amour, m'ont
» fait ton esclave. Je jure par *Tuba*

» d'imiter ton père; comme celle qui
» t'a donné le jour, tu n'auras pas de
» rivale. » Nabuya, vivement émue,
croit à peine ce qu'elle entend : ces
mots inespérés, ces mots qui lui ou-
vrent les portes du bonheur, inon-
dent son cœur de joie, et l'oppres-
sent en même temps. Elle soulève sa
tête, s'assied sur son lit de mousse,
et répète d'une voix faible, mais avec
l'énergie de l'ame, les sermens que
Tanéo venait de faire : le ciel reçoit
leurs vœux. « Au nom de mon amour,
» reprend-elle, et de nos souffrances
» passées, retournons près de mon
» père et du tien ; et s'il se peut,
» ajoute-t-elle avec timidité et en
» observant le visage de son époux,
» revois Mataë et Zioïé sans colère
» et sans envie !—Dissipe tes craintes,
» ô ma compagne chérie ! je suis à
» toi seule jusqu'au moment où je
» finirai d'exister. » Et l'embrassant

avec transport , il lui promet de retourner à la demeure paternelle. Elle
ne faisait encore quelques pas qu'avec
peine, mais le bonheur d'être aimée
acheva sa guérison , et la dixième
aurore après ce jour vint éclairer
leur départ.

Nabuya, chargée d'un hamac, et
Tanéo, portant ses armes sur lui, firent
leurs adieux aux deux petites cabanes , aux bois, à la cascade , aux
oiseaux qui voltigeaient autour d'eux
comme pour les retenir, et s'éloignant de cette vallée délicieuse, ils
la quittèrent tristement. Nabuya marchait appuyée sur l'épaule de son
époux. Quelquefois, s'attachant fortement à son bras, elle regardait
autour d'elle, craignant que la rencontre de quelque reptile dangereux
ou de quelque bête féroce , ne vint
troubler le bonheur dont elle jouissait. Ils cheminèrent pendant quatre

jours et trois nuits. Vers la fin du
dernier jour de leur marche, ils en-
trèrent dans la forêt qui dominait les
lieux de leur naissance. Ils la traver-
sent avec vitesse, et se trouvent en
quelques heures aux confins de la
forêt, sur le chemin qui conduit vers
le grand lac.

La vue des objets qui se déploient
à leurs yeux, leur fait éprouver la
plus vive émotion. Le soleil, dé-
pouillé de ses rayons, répandait encore une lueur rougeâtre sur les palmiers, sur les eaux tranquilles du lac
et sur les toits de leurs pères. Un
grand feu s'élevait devant la cabane
d'Igapéo; Nabuya devance son époux.
A la mourante clarté du soleil cou-
chant et à la lueur des flammes, elle
aperçoit la porte de la maison paternelle, le grand palmier, les plantations qui l'entourent : elle voit un
groupe de monde ; elle distingue déjà

les traits de son vieux père, de sa
sœur et de Matogas. Elle parcourt en
un moment l'espace qui la sépare des
objets de sa tendresse : sa sœur l'a re-
connue et a volé dans ses bras, et Nabuya se trouve au même instant sur
le sein de son père, qu'elle inonde
de larmes. Igapéo, affaibli pas l'âge et
les malheurs, peut à peine résister à
la joie qu'il éprouve. Tanéo embrasse
les genoux de son père. Des sous en-
trecoupés s'échappent de leurs bou-
ches ; aucun d'eux n'est en état de
parler. Zioïé court, pleine de joie,
à la demeure de Matogas ; et s'écrie :
« Mataë ! Mataë ! nos amis sont ici ;
» les voilà devant la cabane de mon
» père. » A cette heureuse nouvelle,
Mataë, plus prompt qu'une flèche,
s'élance, se trouve dans les bras de
son frère, et frappe son front sur la
poitrine de Tanéo, en mémoire de
l'affliction qu'il a ressentie de son ab-

sence. Les tristes souvenirs sont effa-
cés par les larmes de joie; et en s'embrassant, tous croient n'avoir jamais
souffert. Les premiers transports
firent aussitôt place aux questions de
part et d'autre; mais comme on craignait de troubler ce jour plein de
charmes, le récit des peines mu-
tuelles fut ajourné. Nabuya leur
apprit qu'elle était l'épouse de Tanéo, et Tanéo lui renouvela ses
sermens. On ne pensa plus qu'à célébrer ce retour par des chants et
des jeux, qui depuis leur absence,
étaient bannis de ce séjour.

En marchant vers la demeure de
Matogas, ces deux époux se virent
entourés d'une foule de sauvages des
deux sexes, qui, ayant appris leur
heureuse arrivée, se précipitaient
au passage et les conduisaient en
triomphe jusqu'à l'habitation d'Igapéo. Les femmes des deux tribus,

selon l'usage hospitalier reçu chez
les Topinambous, se disputèrent
l'honneur de laver les pieds des deux
époux ; et la journée finit pas un
repas joyeux et une fête bruyante.

LES

MARIS MANDINGUES.

Un usage ancien et cruel avait été
établi par les hommes de Manding,
pays étendu à l'ouest de l'Afrique. Les
maris mandingues avaient inventé une
fable, qui, toute absurde qu'elle
était, avait fait une impression profonde sur l'esprit de leurs femmes,
tristes jouets du despotisme et victimes de leur crédulité. On disait, dans
ce pays, qu'un être surnaturel était
le puissant défenseur de l'autorité des
époux, et que ce magistrat fantasti-
que se nommait *Mombo Jombo*. Les
femmes mandingues, superstitieuses
à l'excès, croyaient aveuglément à
l'existence du Mombo; et, de géné-

ration en génération, cette croyance
était devenue un des dogmes de la religion des négresses païennes: la crainte du Mombo Jombo était regardée
comme une des bases principales de
l'éducation que les mères donnaient
à leurs filles ; et jamais une jeune
femme n'avait quitté la hutte de ses
parens pour aller habiter celle de son
époux, sans s'entendre répéter plus
d'une fois, par les matrones, de ne
pas oublier qu'au moindre sujet de
mécontentement qu'elle donnerait à
son mari, elle attirerait sur sa tête
la colère du terrible Mombo.

L'habit dont se revêtissoit ce prétendu génie était toujours suspendu à un arbre planté à la porte de
chaque ville mandingue ; et les pauvres femmes croyaient de bonne foi
que ce vêtement avait été mis là par la
propre main du génie protecteur des
maris. Lorsqu'il leur arrivait de pas-

ser auprès de cet arbre , elles baissaient la tête en tremblant , et regardaient bien souvent derrière elles, pour voir si le Mombo ne venait pas s'emparer de ce fatal habit et de son terrible bâton pour les poursuivre et les frapper.

Néalée, la plus jeune des femmes du Mansa (1) de Kamalia (2), n'était point exempte des mauvais traitemens qui pesaient sur les autres femmes. Le sort semblait lui être d'autant plus contraire que la nature l'avait distinguée par les grâces extérieures et par les qualités de l'ame. Le Mansa avait le caractère dur ; l'avarice la plus sordide étouffait en lui les sentimens ; toujours sombre , toujours inquiet, il faisait le malheur de tout ce qui dépendait de lui ; et Néalée, étant la plus jolie des femmes

(1) Gouverneur de la ville.
(2) Ville appartenant aux Mandingues.

qui composaient son sérail , en était aussi la plus malheureuse,parce qu'il s'occupait plus d'elle que des autres.

Néalée avait depuis peu de temps à son service, une esclave , négresse des bords de la Gambie. Dosita avait l'esprit plus étendu, plus ouvert que les femmes de Kamalia : le long séjour qu'elle avait fait chez un riche marchand , habitant de Pisania , l'avait mise dans le cas de voir une foule de voyageurs et beaucoup d'étrangers. Elle était questionneuse, douée d'une grande mémoire ; et rien de ce qu'elle avait vu et entendu n'avait été perdu pour elle. Le sort l'avait rendue esclave du Mansa,qui en avait fait don à la jeune Néalée: elles s'aimaient tendrement. Toutes les jeunes femmes de Kamalia chérissaient aussi Dosita , parce qu'elle avait l'art de se rendre utile de mille manières

différentes. C'était tantôt une coif-
fure nommée *jalla*, qu'elle arrangeait
à la mode de Pisania, tantôt des perles de verre qu'elle enfilait avec goût,
en nuançant les teintes ou en entre-
mêlant les couleurs. Personne ne savait aussi bien relever les cheveux et
les orner de coquillages ou de branches de corail. Ces talens, fortement
appréciés par les jeunes femmes, n'au-
raient pas suffi pour la faire aimer des
maris et des vieilles, si elle n'avait su
gagner leurs bonnes grâces par l'art
de pétrir le nourrissant et savouréux
kouskou (1). Elle savait aussi conserver, dans toute sa fraîcheur, le
beurre végétal que l'on exprime des
fruits du zhéa. Elle était donc regardée comme très-savante par les
habitans de Kamalia, et on y avait
pour elle les égards et la considé-

(1) Ragoût de manioc, fort estimé des Africains.

9*

ration que les autres esclaves négresses sont bien loin d'éprouver.

Dosita avait entendu parler avec étonnement des apparitions du Mombo Jombo, dont auparavant elle n'avait eu aucune idée, et ne savait que penser de ce fantôme qu'on disait être le protecteur exclusif des maris mandingues. Dosita n'avait pas encore été témoin, depuis son arrivée à Kamalia, de ces exécutions qu'on lui peignait sous des couleurs si terribles; mais sa maîtresse lui avait raconté les traitemens cruels qu'elle avait éprouvés plus d'une fois. L'injustice et la partialité de ce génie, diable ou fantôme, lui paraissaient incroyables : elle y pensait sans cesse, et ne pouvait se persuader qu'une puissance surnaturelle accablât de préférence le sexe le plus faible et ordinairement le moins vicieux, en accordant la même pro-

tection aux tyrans de leurs femmes
et aux bons maris. « Les hommes,
» se disait-elle, peuvent bien être in-
» justes et partiaux ; mais les génies
» supérieurs doivent connaître nos
» ames, lire dans nos pensées, et ne
» frappent pas toujours d'un seul
» côté. » Elle finit par se persuader
qu'il y avait de la fraude dans cette
histoire du Mombo, et n'attendit
qu'une bonne occasion pour s'en assurer, et éclairer les femmes mandingues sur un usage aussi absurde
qu'inhumain.

La veille du jour où l'on devait
commencer le lavage de l'or (1), le
Mansa fit le tour de la ville et or-
donna à toutes les femmes, esclaves
ou libres, d'être prêtes le lendemain
avant le lever du soleil, pour se rendre aux bords du torrent où l'on re-

(1) Nom que l'on donne à la recherche de l'or.

cueille des parcelles d'or. Lorsque le
matin fit disparaître la nuit et le repos, toutes les femmes quittèrent
leurs huttes : le soleil se montrait à
peine qu'elles se trouvaient déjà sous
le grand tabba aux branches hori-
zontales, situé au sortir de la ville.
Là, après un léger repas composé
de farine humectée d'eau, et mêlée
avec le suc acide du tamarin, elles
se levèrent toutes à-la-fois pour faire
le *saphi* (1) qui devait les éclairer
sur le succès de leurs recherches :
chacune d'elles posa sa bêche et sa
calebasse en travers du chemin, elles
formèrent ensuite autour de leurs
outils un carré parfait, sifflèrent trois
fois dans des tuyaux de plumes où
elles devaient recueillir la poudre
d'or, et ayant écouté pendant quel-

(1) Prière, conjuration ; manière de consulter le
destin.

ques instans , elles récitèrent plusieurs prières, reprirent leurs outils,
et marchèrent vers le torrent avec
vitesse et gaieté.

Néalée ouvrait la marche , suivie
de sa chère Dosila , qui portait sur
sa tête , ainsi que les autres esclaves,
un panier rempli de pistaches et
d'autres provisions. Arrivées près de
la montagne d'où sort l'eau sablonneuse du torrent, qui, dans ce moment, était à moitié desséché, les
femmes se séparèrent en deux bandes:
les unes courbées sur la terre, cherchent des yeux et de la main au milieu d'un sable épais ; les autres, bra-
vant la douleur, marchent sur les
cailloux du torrent ; leurs pieds nus
sont blessés à chaque pas ; mais leur
courage est soutenu et récompensé
par la découverte des endroits qui
contiennent les grains précieux.

Déjà plusieurs calebasses, remplies

de sable humecté, sont mises en
mouvement, afin de dégager la poudre d'or de ce qui l'entoure et la
cache ; lorsque Néalée s'écrie avec
transport qu'elle vient de trouver
trois *sanou-birro* (1) de la plus grande
beauté. Toutes les femmes accourent
à elle pour les voir et la féliciter,
non sans un mouvement d'envie :
chacune d'elles sentait le prix d'une
pareille découverte ; l'une aurait
voulu s'en vanter auprès de son père,
l'autre auprès de son maître ou de
son mari ; et Néalée elle-même se
réjouissait de l'idée de charmer le
Mansa par la vue de ces belles pierres
d'or, faites pour flatter son avidité
insatiable.

L'ardeur du soleil devenant insupportable, Néalée et ses compagnes
allèrent s'étendre sur le gazon jauni

(1) Pierres d'or.

et desséché ; mais qui leur sembla
une couche aussi douce que la plus
belle verdure. Elles s'endormirent à
l'ombre de quelques bosquets de lotus , non loin du torrent. Néalée ,
un peu éloignée des autres , s'abandonnait au plus doux sommeil ; elle
rêvait aux pierres d'or qu'elle venait
de trouver ; le sourire errait sur ses
lèvres vermeilles ; lorsque tout-à-
coup elle se réveille en sursaut à un
bruit de fer qui se fait entendre près
d'elle: elle aperçoit un jeune homme
traînant à son pied un reste de chaîne;
il marchait sur la pointe des pieds ,
et ses regards annonçaient la frayeur
et le désespoir : au cri qui échappe
à Néalée , ses compagnes se réveil-
lent : le malheureux essaie de fuir ;
on lui crie de s'arrêter , de se rassurer ; mais il est déjà loin. Dosita
s'élance , l'atteint , le ramène ; et
toutes les femmes l'entourent et lui

demandent à-la-fois son nom , son
pays et son histoire. Néalée , plus
attentive, leur impose silence , le fait
asseoir , lui apporte une jatte de lait,
et se hâte de faire rompre le bout de
la chaîne suspendue à son pied. Le
pauvre esclave reçoit avec reconnaissance de si charitables soins; mais
ses regards inquiets se portent sans
cesse vers le lieu d'où il est venu ,
et il est impatient de s'éloigner.
« Femme généreuse , dit-il enfin à
» Néalée , sauve-moi d'un monstre
» affreux. Il me poursuit, il va venir...
» Ah ! cache-moi , cache-moi , ou
» laisse-moi fuir. » Les sanglots lui
coupèrent la parole. On parvint cependant à savoir de lui qu'il était esclave d'un méchant buschréen (1),
qui , après l'avoir long-temps mar-
tyrisé pour le forcer à embrasser la
religion musulmane , avait renoncé

(1) Surnom des nègres musulmans.

enfin à lui faire abjurer la foi de ses
pères, mais l'avait chargé de chaînes,
et voulait le faire exposer dans une
forêt remplie de lions ; que le jour
même de son supplice, une bonne
vieille négresse l'avait aidé à briser
ses chaînes et à s'échapper ; qu'il
avait traversé précipitamment une
partie du désert de Jallonkadou,
sur le confin duquel se trouvait la
demeure de Tarfa-Baura, son maître,
et qu'enfin, lorsqu'il arriva près du
torrent, où il cherchait à se désaltérer, il crut, en apercevant du monde,
être tombé de nouveau entre des
mains oppressives et barbares.

Tandis qu'il parlait, Dosita le regardait fixément, et son cœur battait avec violence : elle croyait reconnaître, dans les traits défigurés
de ce malheureux, ceux de son
frère qui, dans l'âge de l'adoles-
cence, avait été emmené de Pesania

par un marchand de Jalloukadou.
Elle n'en douta plus lorsqu'elle sut et
le nom de son maître et le pays d'où
il venait. Elle se nomma en sanglot-
tant ; et serrant son frère dans ses
bras, l'arrosa de ses larmes. Puis, se
jetant aux pieds de sa maîtresse, elle
la supplia de garder son frère auprès
d'elle. Mais Néalée craignait son sévère mari, presque autant que le
Mombo Jombo ; et connaissant son
avarice sordide, elle n'osa lui amener un esclave qui paraissait malade
et faible, incapable de supporter
le travail, et par conséquent entièrement inutile au Mansa. Son bon
cœur s'affligeait de ne pouvoir accorder à sa fidèle esclave la grâce qu'elle
lui demandait ; et voulant alléger
promptement la peine qu'elle lui
causait malgré elle, elle prend tous
les korys (1) qu'elle portait dans son

(1) Monnaie du pays.

petit sac de cuir, y joint plusieurs poignées de pistaches, les mêle avec des fruits de lotus, et donne vivement le tout au frère de Dosita. Elle lui recommande ensuite de se rendre par la plaine fertile du Zéryang dans une ville considérable de ce canton, et d'aller s'y présenter, de sa part, à un de ses parens, dont l'humanité était si connue qu'on appelait sa maison l'*hôtellerie des pauvres*. Pour que ce parent n'eût aucun doute de la vérité des paroles de l'esclave, elle remit à ce dernier son collier de verre, présent de ce bon habitant du Zéryang. Le frère de Dosita, plein de joie et de reconnaissance, se disposait à suivre ce conseil charitable, lorsque Néalée se reprocha d'avoir trop peu fait pour cet infortuné : docile à la voix de son cœur, elle prend sans balancer une des trois pierres d'or qu'elle avait serrées soi-

gneusement, et la donne au pauvre
esclave ; aussitôt, pour éviter les
actions de grâce que Desita et son
frère lui rendaient, et jouir sans trouble du bien qu'elle vient de faire,
elle se cache dans un buisson voisin.
Dosita conduisit tristement son frère
jusqu'à la route qui menait au Zé-
riang ; alors l'embrassant avec tendresse, elle lui dit : « Frère, sois
» plus heureux. Fuis le mensonge.
» Ne manque jamais d'offrir tes hum-
» bles prières au grand être (1) cha-
» que fois que la lune argentée re-
» commencera son cours : aie souvent
» recours aux saphis pour honorer
» les esprits subordonnés au tout-
» puissant. N'importune jamais hors
» du temps prescrit le maître du mon-
» de (2). Ne souffre pas qu'on insulte

(1) Les Mandingues reconnaissent un Dieu, maître
d'autres Dieux subalternes.

(2) Les Mandingues pensent que c'est manquer de
respect à Dieu que de lui parler souvent.

» notre mère ; et souviens-toi de Do-
» sita. » Elle se tut ; il prit le chemin du Zeryang, et sa triste sœur re-
tourna près de sa maîtresse.

Les femmes venaient d'achever leur
travail ; Néalée se remit à leur tête,
et elles rentrèrent à Kamalia dans
l'ordre où elles étaient en sortant.

On les attendait avec impatience :
des gens de tout âge et une foule d'enfans accoururent au devant d'elles.
Les hommes questionnaient leurs
femmes et leurs filles sur le résultat
de leurs recherches ; et selon la réponse qu'ils en recevaient, se réjouis-
saient ou s'affligeaient. Le cortége
marcha vers la demeure du Mansa,
qui, pour garder la dignité de son
rang, n'était point venu à sa rencontre, et l'attendait gravement, assis
sur une peau de caméléopard (1),

_____

(1) Ou girafe ; animal tacheté, dont la tête s'élève
à une hauteur de seize pieds.

au milieu de la place publique. À mesure que la troupe s'avançait, elle devenait plus nombreuse : ceux qui n'avaient pas été au devant d'elle , quittait leurs habitations pour s'y réunir : un *tilli-kea* (1) entonna des chants de réjouissance , qui avaient pour objet de louer l'amour du travail dans les femmes, et la beauté du métal qui procurait aux Mandingues tout ce qu'ils pouvaient desirer : les jeunes gens dansaient et sautaient en mesure. Le Mansa fit avancer les femmes, passa en revue tout l'or qui avait été recueilli dans cette journée, le pesa dans de petites balances qui étaient rangées autour de lui et permit aux femmes de le porter dans la tente de leurs époux. Ceux-ci se rendirent an *bentang* (2), où, selon l'u-

(1) Musicien.

(2) Hôtel de ville, bâtiment ouvert disposé en amphithéâtre.

sage du pays, on avait préparé pour
ce jour solemnel un festin abondant.
Des flots de bière coulaient des calebasses, qui passaient de main en
main, et répandaient dans l'assemblée la joie la plus bruyante. Les
femmes qui donnaient lieu à cette
réjouissance, n'y étaient pourtant pas
admises : elles s'étaient réunies devant la porte du sirk (1) du Mansa,
et, assises en rond, chantaient un
chœur dont elles improvisaient les
paroles.

« N'avons-nous pas recueilli l'or de
» nos propres mains ? N'avons-nous
» pas posé nos pieds dans le sable
» brûlant, sur les plus durs cailloux?
» Et cependant nous sommes bannies
» des brillantes assemblées : est-ce
» donc là notre récompense? » Elles
recommençaient leurs chants ; et la

_____

(1) Enclos fait de branches d'arbres, qui entoure
chaque habitation.

plainte et l'harmonie allégeaient leurs
peines. Lorsqu'elles eurent fini de
chanter, Néalée conjura ses compagnes de ne point parler au Mansa du
don qu'elle avait fait au pauvre esclave. Toutes le lui promirent, même
les autres femmes du Mansa, dont
elle avait su se faire aimer, en dépit
de la rivalité. Une seule d'entre elles
cependant, âgée, acariâtre et jalouse, qui ne manquait jamais l'occasion
d'affliger ses jeunes rivales, apprit le
secret de Néalée par une des esclaves,
et se promit bien de le dévoiler au
Mansa.

Salima étoit le nom de cette mé-
chante négresse ; originaire du pays
des Jéloups, elle avoit leur caractère
triste et vindicatif. Elle ne filait ni ne
battait le blé, et n'allait jamais au
lavage de l'or : restant tout le jour à
l'entrée de sa hutte, elle attendait,
dans l'oisiveté et dans la paresse, les

occasions de nuire ou de calomnier.
Les esclaves étaient continuellement
tourmentées par elle ; elles ne trouvaient grâce à ses yeux ; et ne se ga-
rantissaient de ses injures, qu'en
venant lui raconter tout ce qui se
passait, soit dans les sirks des voisins, soit chez les femmes du Mansa,
soit dans le bentang. Pour se conci-
lier sa bienveillance, les esclaves du
Mansa ne manquaient jamais de rendre compte à la vieille négresse du
moindre événement qui venait à leur
connaissance. La seule Dosita n'imi-
tait pas leur exemple; aussi était-elle,
comme sa maîtresse, l'objet de la haine de Salima, qui se réjouissait d'a-
vance du mal qu'elle allait faire à
l'une et à l'autre, et qui veilla toute
la nuit pour guetter le retour du
Mansa.

Les Mandingues se séparèrent à la
pointe du jour, tous animés par les va-

peurs de la boisson mousseuse dont
ils s'étaient abreuvés. Le Mansa, plus
sobre que les autres, ne les avait pas
quittés, pour empêcher que quelque
querelle ne se glissât au milieu du
tumulte de l'assemblée. Lorsqu'il revint chez lui, Salima l'arrêta à l'entrée
de sa demeure, et lui conta l'histoire
du *sanou-birro*, donné par Néalée au
frère de Dosita.

L'avare Mansa frémit de rage, et
sans répondre à Salima, entra dans
l'enceinte du sirk. Lorsqu'il parut,
Néalée fut saisie de frayeur ; elle vit
à son air sombre qu'une sinistre pensée occupait son esprit; il lui dit
qu'il voulait revoir l'or que ses esclaves et elle avaient recueilli. Les
tuyaux de plumes furent vidés l'un
après l'autre en sa présence; les grains
d'or furent comptés, et les deux
belles pierres d'or furent enfin posées
devant lui. Alors le Mansa, fronçant

les sourcils et dévorant des yeux la
timide Néalée, qui se tenait debout
et n'osait le regarder : « Est-ce bien
» tout ce que tu as trouvé, » lui dit-
il d'une voix étouffée. « C'est tout... »
répondit Néalée, plus troublée encore du mensonge qu'elle faisait que
de la crainte que lui inspirait son
époux. Celui-ci serre les dents comme
la farouche hyène à l'aspect de sa
proie, s'empare de l'or exposé devant
lui, et sort en proférant les mots de
vengeance et de *punition.*

Néalée vit avec effroi qu'elle était
trahie. Un sentiment douloureux venait se mêler à celui de la frayeur.
Elle ne pouvait se consoler d'avoir
trahi la vérité pour la première fois
de sa vie ; et se faisant les reproches
les plus amers, elle s'abandonnait à
ses regrets et à ses remords. « Mal-
» heureuse Néalée, répétait-elle d'u-
» ne voix lamentable, tu ne pourras

» donc plus dire à ta dernière heure » ces mots si chers aux Mandingues: » *durant le cours de ma vie, je n'ai ja-* » *mais dit un mensonge.* » Elle passa la journée dans les soupirs et les pleurs. On ne vit point paraître le Mansa aux heures où il avait l'habitude de revenir près de sa jeune femme. Néalée n'osait sortir de chez elle ; assise sur un banc de bois, les mains jointes et posées sur ses genoux, elle était immobile et ses larmes coulaient en abondance. L'inconsolable Dosita, sans cesse auprès d'elle, ne pouvait parvenir à la tirer de cet état de stupeur. La soirée était avancée, et le Mansa ne revenait point. Néalée sortit alors de la triste apathie qui semblait la tenir enchaînée ; et le trouble de son esprit se dissipant tout à coup, l'idée d'avoir attiré sur elle la colère du génie protecteur des maris mandingues, s'offrit à sa mémoire

et la fit tressaillir. «Ah! malheureuse,
» s'écriait-elle, qu'as-tu fait? Pour-
» quoi disposer de ce *sanou-birro ?*
» Pourquoi t'exposer à mentir?...
» Mais devais-tu donc te priver du
» bonheur de soulager la misère de
» ce pauvre esclave?... Oh! Dosita,
» Dosita, le terrible Mombo viendra
» me punir de mon trop coupable
» mensonge. » Dosita, pour toute
réponse, baisait les mains de sa maîtresse, sanglottait, se désolait, mais
était fermement convaincue, dans
son cœur, que si ce Mombo était réellement un génie, il ne maltraiterait
pas Néalée pour une action bienfaisante, ni même pour un léger mensonge, dicté par la crainte. L'imagination de Néalée, exaltée par la
peur, lui faisait entendre la voix terrible de son mari qui l'appelait; puis
elle croyait voir devant elle le Mombo Jombo armé de son bâton; et ces

visions la glaçaient d'effroi. Elle conjura Dosita d'aller voir ce qui se passait hors de l'enceinte du sirk, et de
demander aux voisins s'ils savaient où
se trouvait le Mansa. Dosita sortit.
Néalée, restée seule, s'aperçut avec
une sorte de terreur, de l'obscurité
qui l'environnait. Les mots que son
mari avait proférés en la quittant
résonnaient encore à ses oreilles.
« Peut-être en ce moment, se disait-
» elle, invoque-t-il contre moi le
» formidable Mombo Jombo .... »
Elle se lève, sort du sirk, n'ose avancer, tremble et écoute.

La sévère obscurité de la nuit, le
calme de l'air, quelques étincelles de
lumière que l'on aperçoit à travers les
taillis de bambou qui entourent les
habitations, forment un ensemble à-
la-fois mystérieux et imposant, qui fait
palpiter le cœur de Néalée. Des cris
d'enfans et la voix des femmes qui

préparent le repas du soir, inter-
rompent seuls le silence de la nature.
Néalée s'appuie à la porte de l'enclos;
elle est près de perdre l'usage de ses
sens : elle se remet pourtant, avance
en chancelant, et entend un bruit
léger. « Dosita, est-ce toi, » dit-elle
à voix basse. C'était elle en effet, qui,
pouvant à peine proférer une parole,
entraîne Néalée dans l'intérieur du
sirk, et après s'être assurée que personne ne peut l'entendre, parle en
ces termes :

« Lorsque je sortis de chez toi,
bonne maîtresse, j'allai chez la voisine Birra, et je lui demandai si elle
avait vu passer le Mansa, et si elle
pourrait m'indiquer le chemin qu'il
avait pris. Elle me montra le côté
du *bentang* : j'allais la quitter, lorsqu'elle m'arrêta pour me faire mille
questions sur ce qui causait l'absence de ton époux. Heureusement

pour moi, les cris de son plus jeune
enfant lui firent tourner la tête, et
je me sauvai. Je m'acheminai vers le
bentang, et, malgré l'obscurité, je
remarquai à son entrée un groupe
considérable de monde : je m'approche sur la pointe des pieds, de manière à n'être point vue. La voix de
ton époux vient frapper mon oreille.
« Non, non, disait-il; point de grâ-
» ce pour Néalée ; sa punition sera
» proportionnée à l'offense. Ses
» pleurs et ses cris peuvent seuls me
» dédommager du tort qu'elle m'a
» fait.—Mais, lui répondit une voix
» que je reconnus être celle de son
» frère, faut-il la punir pour une
» bonne action? » Le Mansa s'emporta contre lui. « Le Mansa a raison,
» interrompit un homme; la femme
» de notre chef doit servir d'exem-
» ple à nos femmes. » Les gens as-
semblés convinrent de se retrouver

dans le bentang au premier signal,
et d'y conduire leurs femmes. Le
Mansa recommanda à son frère de
t'amener avec ses autres femmes,
aussitôt que le signal se serait fait
entendre. Je suivis la direction de
sa voix, et marchai légèrement ap ès
lui; à peine mes pieds touchaient la
terre. J'eus un moment de frayeur,
lorsque je vis se dissiper les nuages
qui voilaient le ciel. Les innombra-
bles étoiles répandirent bientôt sur
tous les objets une lueur perfide. Je
me cachai entre les enclos de deux
sirks. Je vis alors distinctement que
ton époux allait vers l'arbre où est
toujours suspendu l'habit de votre
Mombo Jombo.

» Je suivis le Mansa; il eut l'air
d'entendre du bruit; il s'arrêta pendant quelques momens, et je me cachai de nouveau. Lorsqu'il reprit
son chemin, je continuai à le suivre:

10*

j'avais de grands soupçons . . . Je me
décidai à monter sur le vieux arbre ,
qui, comme tu le sais, n'est point
éloigné de celui qui est consacré au
Mombo. A la clarté des étoiles qui
scintillaient dans le ciel, je vis distinctement le Mansa détacher le
grand habit d'écorce , s'en revêtir et
s'emparer du terrible bâton qui tant
de fois a pesé sur vous, et que toutes
vos femmes croient être le fléau d'un
génie vengeur. Sitôt que ton époux
reprit le chemin par lequel il était
venu, je descendis promptement de
l'arbre ; et pendant qu'il marche
vers le bentang, je suis accourue
vers toi. Maintenant il peut être
déjà près de la petite plantation d'in-
digo. Il n'y a pas de temps à perdre,
maîtresse chérie ; cache-toi, sauve-
moi du malheur effroyable de te voir
maltraiter! » Et comme Nealée se
taisait : « Bonne maîtresse, reprit

Dosita; tu ne pouvais éviter un génie malfaisant déchaîné contre toi;
mais il est juste de fuir des barbares
qui vous trompent pour vous tourmenter et vous traiter d'une manière
cruelle. »

L'indignation de Néalée contre le
Mansa et tous les maris mandingues
fut plus forte que sa frayeur. Elle
ne pouvait leur pardonner d'avoir
réussi à fasciner, pendant si long-
temps, les yeux de toutes les femmes,
par une fable absurde, et dont il
aurait été si facile de découvrir la
fausseté, sans la terreur superstitieu-
se dont on avait su l'envelopper. Le
souvenir des châtimens honteux dont
elles avaient été les victimes, lui
devint aussi odieux qu'il lui avait
paru redoutable, et elle ressentit un
profond mépris pour les auteurs de
cette basse imposture.

Pendant que Dosita pressait sa

maîtresse de se sauver du sirk, un
grand mouvement s'y fit entendre.
Les femmes du Mansa y cherchaient
Néalée pour se rendre toutes en-
semble au bentang, où le frère du
Mansa devait les conduire.

Salima, depuis long-temps à l'abri
des mauvais traitemens du mystérieux Mombo, grâce à sa vieillesse et
à l'indifférence de son mari pour
elle, voyait toujours arriver, avec
une joie maligne, la rumeur qui
annonçait l'oppresseur des jeunes
femmes. Elle croyait de bonne foi
à la protection qu'il accordait aux
époux, et se réjouissait en songeant
que le Mansa l'avait invoqué dans sa
fureur contre Néalée. Elle était convaincue que ce fantôme ne pouvait
manquer de paraître dans une semblable occasion.

Le nom de Néalée, répété par
différentes voix, se fit entendre dans

plusieurs endroits du silk. Dosita
pressait, suppliait sa maîtresse de
franchir le mur de l'enclos. Un moment encore, le fière et les femmes
du Mansa allaient les trouver. Néalée se décide enfin ; elles s'élancent
toutes deux sur le mur, redescen-
dent de l'autre côté, et se sauvent
vers la mosquée des Buschréens :
l'esprit de Dosita, toujours prompt,
lui suggère l'idée de s'y aller cacher
avec sa maîtresse. Les Kafirs (1)
n'allant jamais dans les mosquées,
c'était le seul endroit où Néalée pouvait être à l'abri des recherches du
Mansa, au moins pendant cette
nuit de terreur. Arrivées, en peu de
temps, à l'habitation des Buschréens,
elles se dirigent vers la mosquée,
simple pièce de terre carrée, entourée de troncs d'arbres, irrégulière-
ment entassés les uns sur les autres.

(1) Nègres païens.

Elles se cachent entre deux de ces vieux troncs, dont les branches oubliées les couvraient entièrement.

Cependant le Mansa, revêtu du singulier habit fait d'écorce de bambou, et le visage couvert d'un masque effroyable, se trouvait au bentang, entouré d'une nombreuse assemblée. Il avait le bâton noueux du Mombo dans sa main droite, et se tenait au milieu d'un cercle d'hommes qui tous affectaient de lui rendre hommage. Les uns tenaient des flambeaux allumés qu'ils secouaient autour de lui, et dont la pâle clarté contrastait avec l'obscurité du ciel, en répandant sur tous les objets des jours incertains et lugubres. D'autres hommes dansaient et gambadaient, au son du tambour, autour du Mombo Jombo, et faisaient sonner de petits grelots qu'ils avaient aux bras et aux jambes, tandis qu'un musicien tirait

des sons tristes et prolongés d'une
dent d'éléphant percée, dont la triste
harmonie augmentait la frayeur dans
le cœur des pauvres femmes. Assises
en rond, plusieurs d'entre elles attendaient le moment où le prétendu
génie allait désigner celle qui méri-
tait d'être châtiée.

Au premier signal du Mombo Jombo, cri aigu qui annonçait le moment où l'on devait se réunir au
bentang, le frère du Mansa était allé
avertir Nealée et ses compagnes de
s'y rendre sans délai : n'ayant pas
trouvé celle qui était l'unique objet
de la réunion, et l'ayant cherchée
en vain, il était revenu trouver son
frère, et avait amené avec lui, pour
la forme seulement, les autres femmes
du sérail. La disparition de Néalée
excita la colère du Mansa. La crainte
seule de trahir le secret des maris
mandingues, l'empêcha d'éclater ;

mais ne pouvant supporter long-temps
cette scène devenue inutile à sa vengeance, il fit un geste pour ordonner
aux femmes de se lever ; et en même
temps , le *tilli-kea,* frappant sur son
tambour avec une baguette crochue,
fit entendre ces mots: *approchez-vous
toutes.* Les femmes s'avancèrent avec
crainte, en se serrant timidement les
unes contres les autres, et n'osant lever les yeux sur l'être redoutable qui
allait prononcer leur arrêt. « J'étais
» venu , dit enfin le Mansa d'une
» voix rauque , pour savoir si vous
» remplissiez tous vos devoirs , dont
» le premier est la soumission à vos
» maris. Je regarde dans le fond des
» cœurs; rien ne m'est caché, je vois
» aujourd'hui que vous êtes sages et
» soumises, et je me retire satisfait;
» mais malheur à celles qui mécon-
» tenteront leurs époux! » A ces mots,
il frappe trois fois la terre de son

bâton, et commande à l'assemblée de se retirer au plus tôt.

Les femmes se hâtant d'obéir à cet ordre, se dispersèrent, au sortir du bentang, comme une masse de sable que le vent soulève et entraîne. Plusieurs d'entre elles bénissaient, en s'éloignant, le peu de perspicacité du génie ; mais les hommes disaient, en s'en allant, que le Mansa avait eu tort de ne pas avoir choisi une de leurs femmes pour remplacer Néalée. « Voilà une belle occasion manquée, » répétaient-ils.

Lorsque toute l'assemblée fut retirée, le Mansa se hâta de retourner vers l'arbre du Mombo pour y suspendre le vêtement et le terrible bâton, et revint aussitôt chez lui, afin de voir ce qu'était devenue Néalée. Il la chercha par-tout pendant le reste de la nuit; il parcourut toute la ville, tous les sirks. Désespérant en—

fin de la trouver dans les murs de Kamalia, il s'abandonna sans réserve à la rage qui dévorait son cœur , et selon l'usage des Mandingues, lorsqu'ils se livrent au désespoir et à la fureur, il se tordit les bras, et fit craquer ses doigts , en poussant des cris prolongés. Ses femmes n'osaient paraître devant lui ; chacune d'elles restait cachée dans sa hutte ; et Salima se désolait de ce que l'apparition du Mombo Jombo n'avait point eu pour but de châtier celle qu'elle haïssait. Elle ne pouvait concevoir comment Néalée avait disparu de la ville; et assise dans un coin obscur, elle se plaignait tout bas du Mombo et du sort.

Le soleil rougissait déjà les campagnes et les toits coniques des habitations mandingues. Néalée et Dosita, qui avaient été cachées toute la nuit dans la mosquée des Buschréens, songèrent, en voyant le jour, au danger qu'elles couraient d'être aperçues : c'était bientôt le moment où les Buschréens devaient venir faire leurs prières et leurs ablutions du matin. Leur haine pour les Kafirs était trop connue, pour que Néalée et sa fidèle esclave ne craignissent point d'exciter leur colère en se laissant surprendre dans leur temple. Malheureusement ces idées ne s'offrirent à leur esprit que quand la joie d'avoir trouvé un asyle fit place à la réflexion, et cette joie se dissipa avec les ombres de la nuit. Dosita et sa maîtresse ne savaient où porter leurs pas. En sortant, elles pouvaient rencontrer quelque Buschréen ; car ils demeuraient tous à peu de distance de la mosquée : si même elles parvenaient à échapper à leurs regards, devaient-elles s'enfoncer dans les bois sans secours, sans espoir? Pouvaient-

elles retourner à Kamalia , et se livrer au plus barbare oppresseur. Mais
il est trop tard pour prendre un parti.

Le prêtre buschréen entre dans la
mosquée pour annoncer au peuple
l'heure de la prière du matin. En se
plaçant sur l'élévation située du côté
de l'orient, il aperçoit les deux femmes
qui cherchaient inutilement à se cacher. Il s'arrête, descend , reconnaît
la femme du Mansa , et s'adressant à
toutes deux d'un air courroucé :
« Depuis quand les païens osent-ils
» souiller notre sainte mosquée de
» leur présence? Femmes témérai-
» res ! . . . Je vous ferai repentir de
» votre audace, sans exemple jusqu'à
» ce jour. » Néalée embrassa les genoux du Buschréen , et lui conta naïvement que , redoutant la colère de
colère de son mari , elle avait fui de
sa demeure , et avait choisi la mosquée pour son refuge , parce qu'elle

avait cru que le Mansa ne penserait
pas à l'y venir chercher.

Le prêtre buschréen feignant d'être
attendri par son récit et ses larmes,
lui commanda d'aller l'attendre hors
de la mosquée, avec Dosita, et promit de les conduire chez lui, après
avoir récité les prières d'usage, et de
les protéger contre les autres Buschréens. Elles allèrent se placer hors
de l'enceinte, de manière à ne point
être vues de la foule qui allait s'y
rassembler à la voix du prêtre.

L'air retentit du chant mélancolique et monotone, qui invite les ma-
hométans à venir prosterner leurs
fronts devant le grand prophète. Les
Buschréens se rassemblèrent dans la
mosquée ; et lorsqu'ils eurent fait
leurs ablutions préparatoires et récité dévotement leurs oraisons, le
prêtre leur montra les deux païennes
qui avaient osé entrer dans leur mos-

quée. Aussitôt cent voix s'élevèrent contre elles; elles furent injuriées; on voulut même les enchaîner et les garder comme esclaves. Mais le prêtre buschréen, content de les avoir exposées aux insultes du peuple, lui imposa silence en déclarant que l'une d'elles était femme du Mansa, et qu'il allait les ramener toutes deux au chef de Kamalia. Les supplications de Néalée et de Dosita furent inutiles; elles eurent les mains liées derrière le dos, et le prêtre les fit marcher en cet état vers la ville.

Lorsque les habitans de Kamalia les aperçurent de loin, ils vinrent au devant d'elles; plusieurs d'entre eux demandaient à Néalée la raison de sa singulière disparition; d'autres se moquaient de la situation dans laquelle elles se trouvaient toutes deux; d'autres encore, mais c'était le plus petit nombre, les plaignaient et

cherchaient à les consoler. Les scènes
d'éclat sont par-tout aimées du peuple
et des gens ignorans, toujours avides
de voir. On quitta bientôt ces femmes
infortunées pour se disputer le triste
avantage d'aller avertir le Mansa de
l'arrivée de sa jeune épouse. Aussitôt
qu'il en est instruit, il s'élance de son
habitation, semblable au tigre qui,
sortant de sa retraite, promène ses
regards farouches, et cherche sa proie
d'un œil égaré. Le Buschréen lui livre
les deux femmes, et exige de lui un fort
salaire pour prix de sa peine, ce qui
augmente encore la colère de l'avare
Mansa; il se voit forcé de satisfaire
le Buschréen, qui ne veut se retirer
qu'après avoir obtenu la récompense
qu'il a demandée.

Qui pourrait peindre l'état de
Néalée, de son esclave, et la rage
du Mansa? Ce dernier ne pouvait
proférer une parole; ses yeux en-

flammés, ses poings fermés et trem-
blans trahissaient sa fureur, trop forte
pour pouvoir s'exhaler. Il demande
enfin à Néalée quelle était la cause
de sa fuite. Celle-ci, se dépouillant
de sa timidité, et s'armant de l'élo-
quent courage que donne le désespoir, lui reproche amèrement l'imposture indigne inventée pour ty-
ranniser des femmes crédules et faibles. Elle maudit le nom du Mombo
Jombo, tous les hommes qui avaient
imaginé cette fable monstrueuse, et
jure de faire connaître à toutes les
Mandingues, la pure et entière vérité.

Dès les premiers mots qu'elle lui
adressa, le Mansa repoussa la foule
de monde qui se tenait à l'entrée de
sa hutte pour entendre leurs débats,
ferma la porte, la barricada, et revint écouter en frémissant les im-
précations qui s'échappaient de la

bouche de Néalée. Dosila tâchait en vain d'arrêter sa maîtresse, qui ne l'entendait plus. Lorsque le Mansa eut entendu ce qui jamais n'avait encore frappé l'oreille d'un mari mandingue, il songea aux moyens de s'assurer d'un secret qu'il regardait comme la base de l'autorité maritale. L'idée de poignarder ces deux femmes lui vint d'abord à l'esprit ; mais celle de perdre la place qu'il occupait, si l'on venait à savoir cet assassinat, lui fit prendre le parti de les éloigner pour toujours, en les vendant à des *slatées* (1) qui devaient partir dans cette même nuit.

Le chef de la caravane avait déclaré qu'il paierait une forte somme en korys, avec plusieurs briques de sel et une provision de poudre, pour une belle esclave, aussi noire que les semences du nittas. Il s'engageait

(1). Marchands qui font le commerce des esclaves.

aussi à donner une *barre*(1) de marchandises d'Europe à celui qui lui
amènerait une autre esclave alerte
et forte, qui fût sur-tout habile à préparer le beurre végétal très-estimé
par les nègres.

La taille de Néalée était parfaite;
la noirceur de sa peau et la blan-
cheur de ses dents la faisaient passer pour une des plus jolies femmes
de Kamalia. Dosita excellait, comme
nous l'avons dit, dans l'art de sécher
et de faire bouillir les fruits du zhéa.
L'appas des richesses que le Mansa
allait retirer de cette vente, l'affer-
missait dans la résolution cruelle
qu'il n'avait prise d'abord que pour
conserver l'ascendant des maris. Il
se tut le reste du jour, ne sortit
point de chez lui, et fut sourd aux
reproches amers de son épouse et
aux supplications de Dosita, qui

(1) Mesure de convention pour évaluer les marchandises qu'on échange.

prévoyait de grands malheurs pour elle et sa maîtresse, et qui se livrait à la plus profonde douleur.

A la nuit tombante, le Mansa attacha des fers à leurs pieds; et une chaîne réunit la maîtresse à l'esclave. Elles voulaient jeter des cris; mais le Mansa saisit la carabine suspendue à son baudrier, et la dirigea contre ces deux femmes, qui, effrayées, se turent et se laissèrent mener sans résistance.

Néalée, ne pouvant presque marcher, traînait sa chaîne en poussant de longs et douloureux soupirs; et Dosita, qui ne sentait que les souffrances de sa maîtresse, cherchait à réveiller et à soutenir son courage: la seule pensée qui la faisait frémir était qu'on pouvait la séparer d'elle. Plusieurs fois les gémissemens de Néalée excitèrent, pendant la marche, la colère de son barbare époux,

qui la menaça plusieurs fois de
tuer: « Eh bien! s'écriait-elle, ôte-
» moi la vie; je n'en veux plus, c'est
» un fardeau. » Mais le Mansa, dont
l'avarice sordide jouissait d'avance
des avantages considérables qu'il allait retirer de la vente de ses victimes, remettait son fusil sur son
épaule, et se contentait de les accabler d'injures et de mépris; et alors
toutes deux s'écriaient: « Ote-moi
la vie, mais ne maudis pas ma mère (1). »

Ils arrivèrent à la demeure des
slatées, qui se trouvait hors de la
ville. Les gens de la caravane étaient
endormis, les uns devant la porte du
baloun (2), les autres auprès d'un
corée (3) de pierre, où l'on voyait

_____

(1) Le respect que les Mandingues ont pour leur
mère, est poussé au plus haut degré.

(2) Auberge.

(3) Fontaine.

aussi un groupe d'âues; les uns éten-
dus sur la terre, les autres debout
près de la fontaine. Des gardes, armés de mousquets, marchaient autour d'une foule de malheureux esclaves, chargés de fer, ou liés par
des cordes, et qui veillaient et gé-
missaient, tandis qu'à quelques pas
d'eux, plusieurs marchands dor-
maient paisiblement, entourés de
ballots et de hardes.

Le Mansa fit entrer ses deux victimes dans le baloun; il demanda à
parler au chef de la caravane, nom-
mé *Domba*. Le marché fut bientôt
conclu, et le Mansa, satisfait de la
beauté des marchandises qu'il avait
recues en échange de sa femme et
de son esclave, les abandonna sans
remords. Néalée et sa compagne furent conduites près des autres esclaves. Entourées d'infortunés, qui
trouvaient du soulagement à se plain-

dre hautement de leur malheur, elles les entendirent parler du pays de *Jong-Sandou* (1), où les blancs devaient les conduire pour les vendre aux horribles cannibales, habitans de cette terre. Rien ne put égaler le désespoir de ces deux malheureuses femmes, en songeant à leur sort à venir, sort que les esclaves croient aussi certain que leurs malheurs sont réels. Elles jurèrent de ne prendre aucune nourriture, résolues de mourir sous le ciel qui les avait vues naître, plutôt que d'être victimes des blancs et des *Kouris* (2).

Lorsque l'étoile du matin parut dans le ciel, Domba et les autres slatées sortirent du baloun et appelèrent à haute voix les gens de la caravane afin qu'ils se disposassent à partir.

(1) Nom donné par les Mandingues à l'Amérique.

(2) C'est le nom que donnent les Mandingues aux sauvages de l'Amérique.

Aussitôt les hommes libres coururent préparer leurs montures , et charger leurs marchandises sur le dos de leurs Ânes. Après avoir rempli des outres d'une eau limpide, unique espérance des voyageurs dans les déserts ; les serviteurs de la caravane allèrent chercher les esclaves destinés à être vendus , et les conduisirent à l'endroit où on leur distribuait une nourriture grossière. Néalée et sa compagne refusèrent de manger. Les menaces ne purent changer leur résolution. On les amena devant le chef de la troupe. Domba leur demanda sévèrement la cause de leur obstination : elles se turent. Il renouvela sa question : des sanglots furent leur seule réponse. Domba , vieillard respectable , était accessible à la pitié ; il résolut de les faire traiter avec douceur , pour les amener peu-à-peu à l'obéissance. Ce bon slatée, si différent de ses semblables, voyant l'abattement dans lequel Néalée et Dosita se trouvaient toutes deux, leur fit ôter les fers qu'elles avaient aux pieds, et les fit lier l'une à l'autre par des cordes : on y attacha encore cinq esclaves appartenant à un autre slatée, qui suivit l'exemple de Domba, non par humanité, mais par l'idée qu'en diminuant leurs forces, atténuées par le désespoir, il pouvait diminuer la valeur de ses esclaves.

La caravane partit : elle marcha pendant deux jours à travers des déserts brûlés par le soleil, ne trouvant que des pierres et du sable ardent pour se reposer de ses fatigues. Au commencement du troisième jour, un long sifflement, suivi d'un nuage de poussière, annonça le terrible fléau connu dans les déserts de l'Afrique ; fléau qui poursuit les voyageurs, et atteint même par fois les oiseaux dans les airs. La ciel s'obscurcit ; un large torrent de sable inonde la caravane et l'enveloppe de toute part. La violence de l'ouragan renverse les femmes et les esclaves chargés de fers ; les nègres libres, couchés sur leurs montures, ne sont pas ébranlés, mais pendant quelques instans le sable les aveugle et leur remplit la bouche et les oreilles. La plus grande confusion est répandue dans la caravane, et chacun craint de voir redoubler l'ouragan.

Cependant la frayeur et le trouble n'ont pas empêché un des esclaves liés par la même corde à Néalée et à Dosita, de concevoir l'heureuse idée de recouvrer la liberté. Quand l'esclavage n'abrutit pas, il donne la présence d'esprit. Cet esclave fait des efforts prodigieux pour rompre la corde qui le lie; et la forte secousse qu'il lui donne, avertit en un instant ses malheureux compa-

gnons du projet qu'il a formé; ils le
secondent de tout leur pouvoir. L'espérance leur a rendu le courage et
les forces. Dosita , qui a imité leur
exemple, parvient à rompre ses liens
au même instant que les autres qui,
devenus libres, ont déjà pris leur essor.

Trop occupée d'un travail qui doit
lui rendre la liberté, Dosita ne s'apér-
çoit pas que sa pauvre amie, exté-
nuée par la privation de nourriture
et par les émotions qu'elle a éprou-
vées , indifférente à ce qui se passe
autour d'elle, est étendue sur le sable,
et y reste sans vouloir se lever. Dosita, n'osant lui parler de peur d'être
entendue , saisit son bras, l'entraîne
presque malgré elle, et se sentant une
force qni lui était inconnue jusqu'a-
lors, s'éloigne rapidement avec Néalée; elle suit la direction que le hasard ou son bonheur lui fait suivre,
avant que Domba , les slatées et les

gardes soient revenus de la stupeur qui règne parmi eux. Néalée la suit sans savoir ce qu'elle fait. Elle demande à Dosita de s'arrêter pour reprendre haleine : aussitôt un coup de vent soulève une nuée de sable qui les atteint. Dosita n'a eu que le temps de couvrir sa tête et celle de Néalée ; elles sont renversées sur la terre.

L'ouragan s'éloigne. Dosita bénit le Grand-Etre, lorsqu'elle voit qu'un épais nuage de sable les sépare de la caravane de Domba. Néalée, qui porte dans son cœur cette piété que la nature imprime dans les ames tendres, Néalée, indifférente à l'espoir de recouvrer sa liberté, insensible à la crainte de retomber dans l'esclavage, n'a pas entendu sans une vive émotion les actions de grâce que Dosita adresse au Créateur. Elle s'unit à sa compagne pour remercier le Grand-Etre de ses bienfaits. Elle s'anime; son

ame s'ément , sa raison reprend son
empire , et ses forces morales et phy-
siques renaissent en même temps.
Après avoir encore renouvelé sa
prière, elle se lève, et veut s'eloigner
de ce lieu trop voisin de la route des
voyageurs.

Plusieurs rochers de granit blanc ,
s'élèvent d'un côté de ce désert ; ils
cachent un ruisseau qui coule tran-
quillement entre deux rives : l'une
est couverte de gazon fleuri, dont
la fraîcheur se conserve à l'ombre des
rochers ; et l'autre plus sauvage est
bordée de hautes herbes qui semblent
disputer le terrain à quelques masses
de rochers. Plus loin , une sombre
forêt s'élève de ce même côté. Nos
deux fugitives aperçoivent le mur de
granit, qui se sépare en deux comme
pour leur laisser un passage : l'ins-
tinct de l'espérance leur fait deviner
qu'il renferme un asyle , et qu'elles

vont y trouver des secours qui ne
leur devenaient que trop nécessaires.
Une espèce de fièvre leur faisait encore combattre la faim qui les tourmentait ; mais cette vigueur factice
allait les abandonner, lorsque , après
avoir franchi la fente du rocher, en
cherchant des yeux quelques fruits
ou quelques racines, une grande
flamme frappe leur vue ; elle se mé-
lait à une fumée épaisse, et jetait des
étincelles sur le gazon, où était placé
une espèce de bûcher , formé de
broussailles sèches. Elles avancent et
trouvent, avec une joie inexprima-
ble, une gazelle posée sur le bûcher,
et dont la peau et les cornes étaient
jetées près de là , avec des sabres et
des carabines. Rompre de fortes branches , s'en servir pour retirer la gazelle du feu, saisir un des sabres qui
se trouvaient près du bûcher , pour
diviser l'animal en plusieurs parties,

fut l'affaire d'un instant. Le repas fut
court et joyeux ; mais la crainte le
suivit bientôt. A qui , se disaient-
elles, pouvaient appartenir ces armes?
pour qui ce repas était-il préparé ?
Ces réflexions ne leur permirent pas
de s'abandonner au sommeil qui, à la
vue d'un gazon frais et velouté, commençait à appesantir leurs paupiè-
res. En examinant les armes et les
sacs de cuir rouge qui se trouvaient
auprès, elles connurent qu'ils devaient appartenir à des Maures. Des
hennissemens de chevaux qu'elles entendirent, les confirmèrent dans
l'idée qu'un parti de Maures n'était
pas éloigné. Plusieurs larges fentes
dans le rocher laissaient voir, sur la
droite, une plaine immense et un
bois de bambous secs.

Trois Maures , appartenant à une
compagnie de brigands , revenaient
d'un village qu'ils avaient pillé ; la

gazelle qui se trouvait sur le bûcher
avoit été tuée par eux ; couchés au
bord du ruisseau , où peu après s'é-
taient rendues nos deux fugitives, ces
Maures attendaient le retour de leurs
camarades , lorsqu'un lion, sorti du
bois, était venu fondre sur leurs chevaux , qui , épouvantés de cette
apparition , s'étaient dispersés dans
la plaine. Un d'eux atteint par le féroce animal, poussait des cris aigus. A
ces cris , les trois Maures s'étaient
précipités dans la plaine , et étant à
moitié endormis , ils avaient oublié
de prendre leurs armes. Leurs chevaux, écumant de rage, saisis d'épou-
vante , ne reconnaissaient plus la
voix de leurs maîtres , et fuyaient à
leur approche. C'était dans ce moment que Néalée et Dosita étaient
entrées dans l'hermitage que la nature semblait avoir placé dans ce
désert, comme la consolation auprès

de la douleur , et tandis que , tranquilles et contentes, elles réparaient
leurs forces épuisées , la lion déchi-
rait les flancs du cheval à quelque
distance d'elles.

La troupe des brigands maures, qui
revenaient du pillage, arriva dans la
plaine, et c'était le hennissement de
leurs chevaux qui avait frappé l'o-
reille de Néalée et de sa compagne.
Lorsque les brigands aperçurent le
lion , il était près d'abandonner sa
victime ; et , rassasié de sang , il la
regardait d'un œil paresseux. Ils sai-
sirent aussitôt leurs carabines et fon-
dirent sur le féroce animal , qui
n'ayant pas eu le temps de se reconnaître , passa de l'apathie à la mort.

Les deux amies , ayant vu tout ce
qui se passait dans la plaine, à travers
les crevasses du rocher, tinrent conseil sur le parti qu'elles avaient à
prendre : devenir esclaves des Mau-

res était un sort aussi affreux que celui qu'elles avaient évité. Elles réso-
lurent de passer le ruisseau à la nage,
et de s'enfoncer dans la forêt qui
s'élevait sur la rive opposée : en peu
d'instans , elles se trouvèrent sur
l'autre bord, et se frayant un chemin
à travers les hautes herbes et les
pierres, elles se virent enfin au milieu
d'une sombre galerie d'arbres antiques. Après avoir suspendu leurs
vêtemens aux branches pour les faire
sécher, elles s'endormirent dans cette
nouvelle retraite , où le déstin avait
marqué, pour elles, le commencement
d'une nouvelle existence, sinon heureuse , du moins tranquille.

Des hommes et des femmes joula-
lahs se réunissaient tous les jours ,
depuis le saison des fruits, dans cette
forêt, presque toute composée de
zhéas et de nittas. Dès le matin , ils
s'y rendaient en chantant; et la gaieté,

habitante des hameaux, les y accompagnait avec l'amour du travail. Les hommes, montés au haut des arbres, cueillaient les fruits du nittas, et les jetaient dans des paniers que les femmes leur présentaient. Lorsque Néalée et Dosita eurent pris quelque heures de repos, elles recommencèrent à cheminer. La voix des Joulahs parvint à leurs oreilles, et elles se dirigèrent vers eux. Dosita connaissait parfaitement leur langage, et sa maîtresse en savait quelques mots. Elle n'ignorait pas que le caractère du peuple joulah était bon, compatissant et généreux. Dans cette persuasion, elles s'avancèrent avec confiance vers les Joulahs de la forêt, et se montrèrent à une jeune femme dont les manières franches et gracieuses leur promettaient l'hospitalité. Dosita lui demanda sa protection; et la bonne négresse, les prenant toutes deux par la main, les fit asseoir au pied d'un arbre, et les pria de lui faire le récit de leurs aventures. Dosita lui conta, en peu de mots, l'histoire de sa pauvre maîtresse. Hommes et femmes avaient interrompu leur ouvrage, et écoutaient avec tant de recueillement le récit de l'infortunée étrangère, que sa voix se faisait seule entendre au milieu de la vaste forêt. Elle intéressa vivement tous les auditeurs; mais ce qui fit le plus d'impression sur les femmes, ce fut la fable du Mombo Jombo. Leurs gestes, en l'écoutant, exprimaient l'indignation qu'elles éprouvaient contre les maris mandingues. Néalée ne put entendre, sans verser des torrens de larmes, un récit qui lui retraçait ses douleurs Elle fut, ainsi que son amie, comblée des soins les plus touchans par les Joulahs et particulièrement par la jeune femme. Cette bonne négresse engagea

ses compagnes à leur chanter une complainte, pour diminuer l'amertume de leurs chagrins: le refrain en fut simple : « Pauvres étrangères, di-
» sait-il, vous n'avez point de mère
» pour essuyer vos larmes, point de
» fils pour vous faire une caresse. »
Ce refrain simple, mais dicté par le cœur, fut aussi entendu par le cœur. Lorsqu'on cessa de chanter, un des hommes fit observer que la chaleur du jour commençait à percer le feuillage, et qu'il était temps de mener les bœufs à la rivière. Les femmes prirent leurs paniers remplis de fruits, et tous marchèrent vers le village. La bonne Joulah rassura les deux étrangères sur leur sort à venir, en leur promettant de les adopter comme sœurs et de les conduire chez son vieux père, près duquel elles étaient sûres de trouver pour toujours un refuge assuré.

Ces Joulahs étaient pasteurs. On voyait paître des bœufs dans leurs prairies, et des chèvres brouter l'herbe sur les hauteurs. Les bergers, assis à l'ombre, veillaient à la sûreté de leurs troupeaux. Les mères allaitaient et amusaient leurs petits enfans, tandis que les jeunes filles filaient à leurs côtés. D'autres femmes vanaient le grain du kouskou, et des pintades et des perdrix rouges s'empressant autour d'elles, becquetaient en se disputant les grains qu'elles laissaient tomber. Un mouvement général animait ce village; chacun y était attentif à son devoir, et l'aisance était le prix des travaux de ces laborieux villageois.

La bonne Joulah conduisit ses deux sœurs adoptives chez son père, vieux pasteur, qui, quoique riche, était compatissant. Depuis qu'il avait marié sa fille unique, l'ennui le dé-

vorait, et il ne se sentait renaître
que lorsqu'elle venait le voir ; mais
elle avait contracté des devoirs im-
périeux ; un enfant nouveau-né , le
soin de son ménage , un mari sévère,
qui la laissait rarement sortir de chez
lui , étaient autant de raisons qui la
retenaient loin de son père , dont la
hutte était fort éloignée de son habitation. Le vieux pasteur n'avait conservé qu'une seule de ses femmes, et
cette infortunée venait de perdre la
vue , ce qui était pour son époux un
surcroît de peine et d'ennui. Quand
on est sur le déclin de la vie , on a
besoin de voir régner autour de soi
le contentement et la santé , afin de
pouvoir se distraire de ses propres
maux. La bonne Joulah jouissait de
l'idée d'attacher à son père les deux
femmes qu'un hasard avait conduites
près d'elle , et que la pitié d'un côté,
la reconnaissance de l'autre , allaient

y retenir pour toujours. Elle les présenta au vieux pasteur, et les nomma
ses sœurs d'adoption ; il n'en fallut
pas davantage pour les faire recevoir avec un accueil paternel, et lorsqu'il apprit qu'elles étaient étrangères , il leur tint ce discours : « Ma
» fille desire que je vous adopte; elle
» vous a nommées ses sœurs , et dès
» ce moment vous êtes mes en-
» fans. Cette fille chérie vous confie
» son vieux père; c'est sur vous qu'elle
» compte pour me soigner en son
» absence. Vos discours me désen-
» nuieront; vos chants me rappel-
» leront le temps de ma jeunesse ;
» et c'est encore à ma fille que je
» devrai ces doux momens. Mais vous,
» pauvres étrangères, ne regretterez-
» vous pas votre patrie ? N'aurai-je
» point le chagrin de vous voir verser
» des larmes? Ne penserez-vous jamais

» à me quitter. » Néalée et Dosita, jusqu'alors muettes de surprise et d'émotion, tombèrent à ses pieds : « Te quitter, s'écrièrent-elles ! non, » non ; nous voulons vivre et mourir » auprès de toi. Renvoie tes bergers, » reprit Dosita ; moi seule je soi- » gnerai tes troupeaux, je moudrai » ton grain ; et pendant que Néalée » t'accompagnera dans les champs, » ou guidera ta femme aveugle, je » préparerai ton repas, et j'irai traire » tes vaches et tes chèvres. Ah ! redis, » redis-nous encore que tu nous gar- » des près de toi. Les malheureux ont » de la peine à croire à ce qui ter- » mine leurs maux. » Le vieillard attendri répondit à la bonne Dosita que sa fille lui avait conduit deux enfans et non deux esclaves, que jamais il ne permettrait qu'elles par- tageassent le travail de ses serviteurs.

Néalée et son amie demandèrent au vieux pasteur la permission de faire un saphi d action de grâces. Le vieillard s'unit à elles avec sa fille : il s'assit entre les trois femmes, qui mirent une de leurs mains sur leur cœur et l'autre dans les mains du vieillard. Les deux étrangères firent à haute voix le serment de lui consacrer leurs jours, et de l'aimer comme un père.

Depuis le moment où le vieillard reçut chez lui les deux étrangères, il ne connut plus ni la solitude ni l'ennui ; et lorsque la bonne Joulah venait visiter son père, on avait de la peine à reconnaître quelle était des trois sa véritable fille.

On nommait Néalée et Dosita, parmi les habitans de ce hameau, *les filles de la forêt des zhéas*, et on s'y souvient encore aujourd'hui de l'histoire

de ces deux négresses. Les mères
la racontent aux jeunes gens, pour
leur faire détester la despotisme dans
le mariage , et aux jeunes filles pour
leur apprendre à ne pas être trop
crédules.

L'ENFANT

DE KACHMYR,

NOUVELLE ASIATIQUE.

~~~~~~~~

Azad-Khan (1) gouvernait, au nom
de l'empereur des Afghâns, la belle
province de Kachmyr. Sa résidence
était la ville de Sirignagor, plus connue sous le nom de Kachmyr ; et son
habitation ordinaire était la sombre
forteresse de Chargor, autour de laquelle étaient cantonnés un grand
nombre de soldats et d'officiers afghâns, satellites infatigables d'un maître avide de crimes. Les Kachmyriens,
adorateurs constans du plaisir, ne
pouvaient, malgré la dureté de leurs

_____

(1) Historique. Son caractère était tel qu'il est
dépeint ici.

maîtres, perdre leur goût pour les di-
vertissemens de tout genre. Ces di-
vertissemens avaient, à la vérité,
perdu de leur éclat ; le luxe en était
banni : leur parure était plus simple,
leurs maisons moins ornées ; on ne
voyait plus dans leurs festins la même
profusion qu'au temps où le Kachmyr
florissait sous la dépendance des Mo-
ghols; et la crainte d'éveiller la jalousie et l'avidité de leurs maîtres trou-
blait sans cesse leurs joyeuses réunions : cependant, jamais la saison
des roses ne s'était passée sans qu'ils
se fussent tous réunis dans les jardins de la ville et de ses environs, afin
de célébrer la naissance de cette fleur,
belle et suave comme la saison que
la fait naître.

Tel était le naturel de ce peuple
licencieux et volage, que, malgré la
rapacité et les cruautés sans nombre
qu'exerçait Azad-Khan, jamais un

Kachmyrien ne s'était vu maître d'une somme quelconque, sans l'employer aussitôt à donner un festin à ses amis, ou une promenade sur le lac de Kachmyr, lieu de délices pour les habitans de cette ville.

Presque toujours de pareils rassemblemens attiraient l'attention du farouche Azad, et par conséquent des malheurs sur la tête de celui qu'il supposait être riche, et qui recevait ordinairement la visite du premier lieutenant de la garde du khan : celui-ci, accompagné de soldats armés de hâches, marquait toujours ses visites par la ruine, le désespoir et même le sang.

Aux époques où le tribut devait être porté à la cour, les marchands cachaient en différens endroits l'argent qu'ils avaient recueilli dans leurs longs et pénibles voyages. Les paysans et les artisans travaillaient le jour et la

nuit pour pouvoir satisfaire à la ra=
pacité du gouverneur, afin de sauver
leur vie, sans être même sûrs d'avoir
ensuite de quoi pouvoir exister. Tous
les habitans n'étaient occupés, dans
ces temps de calamité, qu'à imaginer
des moyens nouveaux et sûrs, de sous=
traire une partie de ce qu'ils possédaient aux regards avides des percep-
teurs afghâns. Azad-Khan leur avait
donné l ordre de punir, sans juge-
ment, par une mort prompte, ceux
qui seraient soupçonnés de cacher
leur argent ou leurs effets, et avait
autorisé, dans ce cas, ses agens à pil-
ler leurs maisons, et à s'emparer de
leurs femmes. Ce temps de désolation
pour le peuple Kachmyrien était un
temps de fête pour le cœur du tyran.
Il n'avait d'autre plaisir que celui de
se rassasier de crimes; on le voyait ra=
rement sortir de sa retraite de Chir=
gor; mais lorsqu'il se montrait dans

la ville, c'était toujours avec le desir ardent d'avoir une occasion de commettre un acte de despotisme ou de barbarie. Il avait la passion du mal comme un autre a celle de la gloire. aussi était-il mécontent de lui-même, et craignait-il d'être méprisé, lorsque quelques jours se passaient sans qu'il eût ordonné la ruine ou la mort de quelque individu. Azad était un monstre, même parmi les méchans : sa figure atroce, quoique régulière, inspirait autant de terreur que son nom. Sa taille était bien prise, élancée : il était d'une adresse extraordinaire et personne ne tirait du fusil aussi bien que lui, ni ne se servait de la fronde avec autant de dextérité. A dix-huit ans, il regardait déjà l'amour comme une faiblesse indigne d'un maître ; mais ce qui l'éloignait principalement des femmes, c'était la crainte qu'il avait de leur esprit insinuant, et plus

encore de l'ascendant de leurs charmes : en un mot, il craignait que
leur influence ne le rendit plus humain. Il avait fait chasser toutes ses
femmes depuis qu'une d'entre elles
avait obtenu de lui la grâce d'un malheureux esclave, qu'il avait condam-
né à mort. Depuis un an, son harem
était désert: cependant l'aversion qu'il
avait pour le beau sexe ne l'empêchait pas de sentir la force de la privation qu'il s'imposait par orgueil, ce
qui faisait que sa haine contre lui
était remplie d'aigreur. L'envie le dé-
chirait à la vue d'un couple heureux,
et jaloux d'une félicité dont il ne
voulait pas, il abhorrait aussi les enfans, parce qu'il avait entendu dire
qu'un enfant est le complément du
bonheur de deux êtres qui s'aiment.
Si, lorsqu'il parcourait la ville de
Kachmyr, suivi de son immense cava-
lerie, il apercevait des enfans que son

approche n'empêchait pas de s'amuser entre eux, parce qu'à cet âge on ne sait pas ce que c'est qu'un tyran , il commandait aussitôt à ses gens de les écarter à coups de plat de hache et de les fouler sous les pieds de leurs chevaux , s'ils ne se rangeaient pas assez vite. Plusieurs malheureux enfans avaient été déjà ses victimes. L'esprit de cet homme cruel n'était troublé que lorsqu'il méditait un ordre sanguinaire ; une fièvre momentanée venait alors s'emparer de ses sens ; mais lorsqu'il avait ordonné le crime, il devenait tranquille , éprouvant alors le contentement intérieur qu'un homme vertueux ressent après une action louable. On pense bien que son cœur ne pouvait être accessible à l'amour filial. Sa mère, femme vertueuse et respectable , venait d'être arrachée de son palais par son ordre , sous prétexte qu'il avait des

12*

preuves de son inconduite; mais dans
le fait , pour se débarrasser d'un juge
incommode. Il l'avait fait enfermer
dans un château près de Kachmyr ,
et n'allait l'y voir, de temps en temps,
que pour lui rendre sa prison plus
affreuse. Cette infortunée ne demandait à son Dieu que d'abréger ses tristes jours; tandis que son fils, inacces-
sible aux remords, entassait crime sur
crime , et ne laissait pas au repentir
le temps de s'emparer de son cœur.

La saison des roses ramenait quelques idées riantes dans l'esprit des
Kachmyriens; c'était le seul temps de
l'année où les gens du peuple se livraient encore à quelques plaisirs.
Aussitôt que les rosiers se couvraient
de boutons , ces infortunés levaient
leurs têtes appesanties sous le joug, et
couraient saluer la fleur , premier
ornement du sol kachmyrien.

Les jardins de Kachmyr étaient

embaumés par les fleurs du printemps,
et les boutons de roses vivifiaient des
masses de verdure pittoresques. On
voyait des rosiers dans les allées des
jardins, au bord des étangs et du
Dall; on en voyait s'élever au milieu
des petites îles, parsemées sur la surface du lac. Une foule de Kachmyriens, d'autant plus heureux que
c'était la seule époque de l'année où,
par un hasard singulier, on n'avait
pas encore troublé leurs plaisirs, se
disposait à célébrer la naissance de la
rose. Ouvriers, femmes et enfans,
marchands et laboureurs, pauvres et
riches, s'étaient parés de ce qu'ils
possédaient de plus beau. Les femmes de la classe inférieure, qui seules
ont en Asie le droit de se montrer,
s'ajustent avec plus de soin, tressent
leur chevelure d'une manière plus
élégante que de coutume; elles la font

tomber avec grâce sur leur cou orné
de chaînes ou de perles ; et leur robe
de laine est à moitié couverte par une
draperie de couleur éclatante attachée
au sommet de leurs turbans. Tous
marchent gaiement vers le Dall : là,
des bateaux sont rassemblés , depuis
le lever de l'aurore , pour attendre
ceux qui doivent se réunir dans ce
lieu, où tout enchante les yeux et l'esprit. Les bateliers ont répandu des
fleurs et des herbes aromatiques dans
leurs bateaux. Les barques des riches
Kachmyriens sont ornées de tapis et
de voiles magnifiquement brodés. Mais
le pauvre sous l'abri d'une simple
natte, y jouit tout autant que le riche
étendu mollement sur des coussins, à
l'ombre de superbes voiles. La nature
invite également à ses fêtes et les grands
et le peuple ; et celui qui n'a rien à
étaler aux yeux du vulgaire, est presque

toujours plus satisfait, que le fastueux qui veut faire croire à un contentement qu'il est lui-même bien loin de sentir.

Les femmes des nobles, qui languissent au milieu des grandeurs, voient passer une foule immense, à travers les grilles qui les séparent du monde. Un sentiment de jalousie fait verser des larmes à plusieurs d'entre elles ; tandis que d'autres, par une philosophie assez ordinaire parmi les femmes, cherchent à se consoler promptement ; elles se voilent le visage, montent sur les terrasses qui dominent les toits de leurs maisons, et vont y admirer les rosiers qu'elles y ont plantés elles - mêmes. Couchées nonchalamment au milieu des fleurs, elles y respirent un air délicieux, en écoutant les longs récits de leurs vieilles esclaves.

Déjà les portes des jardins sont ouvertes, les bateaux sont en mouvement; une rumeur prolongée, produite par les voix des bateliers et des promeneurs, par le bruit des rames qui fendent les eaux du lac, par le ramage des oiseaux, répand dans les esprits un vague plein de douceur, et les dispose à une agréable rêverie.

On voit, en un instant, les promenades publiques se remplir de monde; des groupes se forment près des rosiers, à l'ombre des platanes argentés *tchinárs* (1) de l'Asie. Les uns fument le *hhouqah*, d'où s'échappe une vapeur parfumée : par-tout, l'odeur de la rose se fait sentir; des flots d'eau de roses sont versés dans le bocal du *hhouqah* (2); et l'on voit passer de main en main des milliers de flacons

(1) Arbres très-estimés dans le Kachmyr.
(2) Bocal de verre adapté à une espèce de pipe.

d'athar (1), de petits vases d'argent remplis de feuilles du savoureux bétel (2), et des gâteaux où plusieurs aromates sont mêlés à l'enivrant opium. Les poètes récitent des vers analogues à la naissance de la rose et ont recours à la plus basse flatterie pour faire leur cour aux riches et aux grands. Les courtisanes et les danseuses se répandent de toute part ; elles dansent au son de la guitare, au milieu du cercle qui se forme pour les admirer ; et multipliant à l'infini les minauderies qui caractérisent les femmes Kachmyriennes de cette profession, elles prennent dans leurs danses des attitudes où la volupté règne avec la grâce : non contentes de l'impression que leurs charmes font sur les assistans, quelques-unes de leurs com-

(1) Huile de rose.
(2) Herbe agréable que les orientaux aiment à mâcher.

pagnes parcourent les rangs , en pré-
sentant aux hommes des coupes remplies d'arak , obligent les Kachmyriens idolâtres à s'écarter de leur
sobriété, et font disparaître la gravi-
té des musulmans. Un des jardins des
bords du lac , plus étendu que les
autres , réunissait aussi plus de plaisirs. Des rosiers et des noyers, dont
la grandeur et l'antiquité contras-
taient avec la jeunesse des fleurs qui
croissaient à leurs pieds , bordaient
un superbe gazon : l'ombre, bonheur
des orientaux, y régnait avec la fraîcheur produite par un jet d'eau , qui
s'élevait au milieu d'une fontaine en
marbre , due à la munificence des
plus riches marchands de la ville.
Sur ses bords dorés, on lisait des vers
en caractères persans , en l'honneur
de ceux qui l'avaient fait construire.
De cette enceinte , on a la vue sur le
lac et les montagnes , à travers une

allée d'arbres fruitiers qui offrent à l'œil et au goût les fruits les plus beaux et les plus délicieux. Le temple de Salomon, dont le nom est vénéré parmi les Kachmyriens, s'élève sur la plus haute des montagnes qu'on aperçoit au bout de l'avenue ; et qui, détachée des autres, se distingue par la richesse de sa végétation, par la structure singulière du temple dédié au plus sage des rois de la terre, et par la couleur antique de ses ruines majestueuses et pittoresques. Ce temple, qui domine le lac, dont la surface est couverte par les bateaux des voluptueux Kachmyriens, semble n'être là que pour censurer par son aspect sévère et par le nom qu'il porte, la folle joie qui règne à ses pieds.

En ce jour, le plaisir est l'unique dieu des Kachmyriens : idolâtres et musulmans, tous oublient, dans ces lieux de délices, et leurs haines, et les cruautés du tyran qui gouverne leur pays , et leurs maux journaliers. Le plaisir semble se mêler à l'air qu'ils respirent ; il est dans leurs regards et dans leurs paroles ; pour eux il n'est plus de lendemain , ni de passé ; et ces heures si promptes à s'écouler leur semblent une vie entière , heureuse et sans bornes.

En vain les *molhás* (1) cherchent-ils par leurs exhortations à obtenir , pour leurs mosquées , quelques-unes des roupies d'or (2) que les riches donnent avec profusion aux danseuses et aux courtisanes. En vain les Brahmanes (3) affectent-ils de montrer, au milieu de cette foule insensée, leurs visages pâles et sévères, portant des marques emblématiques de leur caste;

(1) Prêtres musulmans.
(2) Monnaie d'Asie.
(3) Prêtres hindous.

ils ne peuvent parvenir à arra-
cher de la générosité de leurs sec-
taires, ce que d'un autre côté leurs
mains répandent en abondance,
pour satisfaire leurs folles passions.
Les dévots molhâs et les pieux disci-
ples de Brahma sont regardés avec mépris, dans ce jour d'oubli de tout
devoir. On les repousse sans les entendre, et ils se retirent confus; en
jurant à haute voix, les uns par le
prophète, les autres par Vichnou
aux quatre mains, qu'ils leur feront
payer bien cher, dans d'autres temps,
les humiliations qu'ils supportent aujourd'hui : personne ne les écoute,
et leurs voix sont étouffées par le
bruit des haut-bois et des timbales,
dont les sons étourdissans troublent
de plus en plus les esprits des Kachmyriens, et augmentent le dé-
lire de ceux qui sont plongés dans
l'ivresse.

Un jeune marchand idolâtre qui s'était marié depuis peu à une fille de même religion, était assis avec sa femme au pied d'un tremble, dont la cime était panachée comme celle du palmier. Ils ne partageaient pas la joie licencieuse de la foule, et ne songeaient même pas à ce qui se passait autour d'eux. La fête des roses les y avait attirés, mais c'était pour y faire respirer un air embaumé à leur enfant, âgé de quelques mois, qui pour la première fois souriait aux fleurs et aux plantes printanières; et les gentillesses de cet être intéressant, ses regards attentifs sans objet, ses gestes si joliment maladroits, ses petits cris de joie sans motif, les occupaient plus que les danses les plus gracieuses, que l'harmonie la plus brillante. La jeune Adendea rappelait à son époux ce précepte indien que le cœur d'une mère paraît avoir dicté : « Ah! Raceb,

» il est bien vrai que le son des ins-
» trumens ne paraît beau qu'à ceux
» qui n'ont pas entendu le gazouille-
» ment de leurs enfans. » Un baiser
qu'elle donnait à son fils, venait à
l'appui de ce qu'elle avait avancé ; et
Raceb l'assura que, pour lui, la vraie
fête des roses était sur les joues vermeilles d'Adendea et de son fils ; à ces
mots, le bonheur d'être aimée et d'être
mère augmenta la vive et charmante
rougeur de la jolie Kachmyrienne.

Deux Brahmanes, repoussés avec
rudesse par un seigneur idolâtre, qui,
plongé dans l'abrutissement de l'i-
vresse, ôtoit la vie à un insecte, au
mépris des lois des Hindous, après
avoir inutilement réitéré leurs répri-
mandes à ce sectaire indocile, s'éloignaient et prenaient le chemin de la
porte du jardin. Tous deux paraissaient misérables ; l'un d'eux sur-tout
semblait miné par les jeûnes et la fa-

tigue. Celui-ci s'était arrêté pour regarder d'un air de pitié les insensés
qui se livraient à de honteux dé-
réglemens. Adendea l'aperçoit, se
lève avec précipitation, en tenant
son enfant dans ses bras. « Mon cher
» Raceb, dit-elle, courons vers ce
» vénérable Brahmane, qu'on vient de
» maltraiter : portons-lui ces roupies
» que nous destinions à payer notre
» promenade sur le lac. Nous pour-
» rons bien nous en passer, et cette
» aumône attirera sur notre fils la bé-
» nédiction du grand Brahma (1). »
Aussitôt ils joignirent le Brahmane,
et lui remirent le tribut de la charité.
« Priez pour l'enfant, » dit Adendea.
Le Brahmane bénit ce bon couple,
et ajouta d'une voix énergique : «Jeune
» homme, combien tu es heureux de
» ne point oublier le devoir de la

_____

(1) Dieu hindou.

» charité ! et toi , femme , conserve
» toujours ton respect pour les Brahma-
» nes. Regardez ces hommes sensuels:
« se souviennent-ils, au milieu du tu-
» multe des plaisirs , du gouffre de la
» mort et de l'*ame pensante* (1)? Sem-
» blables à ces durs musulmans, qui
» ne connaissent ni le divin Bruma (2),
» ni le conservateur de tout ce qui
» respire (3) , ni le grand destruc-
» teur Routren (4) , ils méprisent la
» morale émanée de Dieu. Malheur à
» ceux qui oublient le respect qu'ils
» doivent aux Brahmanes ! Malheur à
» ceux qui sont esclaves de la débau-
» che ! leurs âmes, dégradées après
» leur mort , seront placées dans les
» corps des animaux les plus abjects.

(1) Nom que donnent les Hindous à Dieu, maître
et créateur du monde.

(2) Dieu qui préside à la naissance.
(3) Vichnou.
(4) Dieu vengeur.

» L'arc de Chiren se dirige contre leurs
» têtes , quand ils oublient leur loix ,
» et maltraitent un Brahmane ! » Il
étendit alors ses mains sur l'enfant ,
et récita cette courte prière ; « Oh !
» Vichnou ! daigne le préserver du
» mal ! le guider vers le bien et
» conserver sa vie !... — Ah ! mon
» père , s'écria Adendea , que ce vœu
» du Brahmane avait fait tressaillir :
» pourquoi parlez-vous de sa vie ?
» prévoyez-vous quelque malheur?...
» pourquoi mon cœur a-t-il fré-
» mi ?... mon enfant !.... cher
» Raceb , d'où me vient la frayeur
» qui me glace? » En proférant ces
paroles, elle pressa son fils contre son
cœur , et l'enfant , croyant qu'elle
vouloit l'allaiter, écarta de ses petites
mains le lin qui lui cachait la source
de son bien-être , et se mit à têter :
elle prit ce mouvement pour un heureux augure. Le bonheur qu'une mère

trouve à conserver l'être qu'elle a mis
au monde, la console bientôt de toute
peine et dissipe les pensées qui viennent la troubler. Adendea sourit, caresse son fils, et bientôt le pressen-
timent qu'elle avait eu se change en
douce émotion.

Le Brahmane les quitta, s'éloignant à pas lents, et Raceb, après
l'avoir accompagné pendant quelques
momens, conduisit son épouse à l'entrée du jardin. « Eloignons-nous du
» bruit, lui dit-il, arrêtons-nous ici
» pour admirer cette suite de ba-
» teaux, qui rasent la surface du lac:
» regarde, mon Adendea, les belles
« ruines du temple de ce roi des Hé-
» breux, qui honora ces lieux de sa
» sublime présence. Vois plus loin
» ces côteaux, ces nombreux ruisseaux,
» qui coulent vers le Dall, et qui ra-
» fraîchissent un gazon velouté. Re-
» garde, et dis-moi si la société de la

» nature n'est pas plus délicieuse,
» plus pure, que celle de nos sem-
» blables ; car l'aspect d'un beau
» site ne nous trompe pas comme
» l'extérieur, par fois décevant, de
» l'homme habitué à déguiser son
» ame. Quels lieux enchanteurs,
» Adendea ! qu'il est beau le spectacle
» de la création de Dieu ! . . . — Ah !
» dit-elle avec enthousiasme, en mon-
» trant son fils, voilà sa création la
» plus belle : voilà la nature avec
» toutes ses richesses. . . . Ne vois-tu
» pas comme il te tend les bras ? Il
» voudrait te parler, je crois. . . »
C'est ainsi que cette tendre mère ex-
pliquait les mouvemens irréfléchis de
son enfant. Il avait alors quitté le
sein qui l'avait nourri, et tendait ses
doigts vers le bout richement bigarré
du schal que Raceb portait en turban.
Adendea et lui souriaient aux efforts
qu'il faisait pour atteindre les fleurs

de cette bordure, qu'il semblait vouloir cueillir.

Adendea et Raceb se tenaient à la porte du jardin, lorsqu'une rumeur se fit entendre dans la rue qui suivait les bords du Dall et conduisait à ce jardin. Azad-Khan, fatigué d'entendre parler des plaisirs que goûtaient les Kachmyriens, à l'époque où les roses paraissaient, dévoré de dépit lorsqu'il songeait que l'on pouvait se livrer à la gaieté dans la ville où il commandait en maître, prit le parti d'aller la troubler par sa présence. Il aurait voulu pouvoir imaginer une raison plausible pour défendre ces réunions ; mais il avait tout lieu de croire qu'en mettant obstacle à un usage ancien, auquel les Kachmyriens tenaient comme à la vie, il risquait d'exciter une révolte parmi eux et de les contraindre à demander justice contre lui à l'empereur des

Afghâns : en effet, l'attente de quelques jours de plaisirs faisait seule
supporter au peuple les malheurs de
toute l'année.

Azad, faisant appeler son premier
officier, homme féroce et digne con-
fident des crimes de son maître, lui
dit : « Cours rassembler cent hommes
» de ma troupe, et que mon cheval
» soit prêt. Je vais au Dall, suis-moi.—
» Eh quoi! seigneur, vous allez vous
» mêler à cette foule méprisable, qui
» se livre à la licence la plus hon-
» teuse ? à ce peuple qui mériterait
» d'être écrasé d'un seul coup,
» comme un amas de vils insectes?
« — Obéis, reprend le gouverneur,
» j'abhorre leurs plaisirs, et c'est
» pourquoi je veux les troubler. » L'officier, satisfait de cette réponse,
court exécuter les ordres de son
maître, et peu d'instans après, la
suite du Khan et son cheval, riche-

ment caparaçonné, se trouvent à la
porte de Chirgor. Armé de son poi-
gnard, de son épée et d'un fusil qu'il
remet à son premier officier, il sort
de sa sombre habitation, où le jour
ne parvenait que par de tristes reflets
de lumière ; et tel qu'un guerrier
qui va combattre ses ennemis, il part
suivi de sa troupe, qui ne respire que
le pillage et n'attend que le signal
pour se livrer à son goût dominant.
En traversant des rues silencieuses,
que l'amour des plaisirs a fait déserter, le bruit des armes de ses soldats
et du fer qui couvre leur chevaux,
vient frapper les oreilles des femmes
de haute naissance, renfermées dans
leurs maisons. La curiosité les attire
d'abord vers les grilles de leurs fenêtres ; mais sitôt qu'elles aperçoivent
le Khan, elles se retirent à la hâte,
en maudissant son nom, qui retrace

à leur mémoire mille traits de la cruauté la plus atroce.

Azad marche vers le lac : il aperçoit bientôt les couleurs variées des voiles qui ornent les bateaux, et les groupes de peuple qui se promènent dans les îles et au bord du Dall. Les plaisirs qu'il suppose régner parmi eux, lui semblent des sarcasmes contre sa puissance. Sa méchanceté le tourmente comme une douleur ; il sent le besoin pressant de la faire éclater, et sa physionomie devient celle d'un monstre avide de sang. Il côtoie le lac, et ses satellites le devancent pour lui faire un passage au milieu du peuple : la crainte les aurait déjà servis, sans la curiosité naturelle aux Kachmyriens, et qui toujours l'emporte, chez eux, sur la prudence et le raisonnement. Mais tous ont bientôt fui devant la hache des Afghâns.

Les mères sur-tout, qui connaissaient l'aversion du monstre pour tous les enfans, s'étaient dispersées avec effroi, aussitôt qu'elles avaient aperçu la troupe du Khan.

Azad, cependant, continuait sa marche, et regardant de tous côtés avec le sérieux de la haine, il écoutait en silence son premier officier, qui lui faisait remarquer l'effet que son apparition produisait sur la foule. Celui-ci, fier de pouvoir impunément adresser la parole à son maître, promenait ses regards autour de lui avec cet air de satisfaction méprisante qui appartient au favori d'un tyran.

Bientôt la nouvelle de l'approche du gouverneur passe de bouche en bouche jusqu'au beau jardin, où les promeneurs se portaient de préférence. Les curieux Kachmyriens, dispersés d'abord par la crainte, sont ramenés aussitôt à la porte du jardin, par le désir

13

de voir : ils entraînent avec eux les femmes et les enfans.

Adendea et Raceb étaient alors, comme nous l'avons dit , à l'entrée de ce jardin. Etrangers à ce qui se passait autour d'eux , la nouvelle qui occupait tous les esprits n'avait point frappé leur oreille , et ils se virent tout-à-coup pressés et poussés en avant par une prodigieuse quantité de monde , sans même en savoir la cause. En vain, lorsqu'ils l'apprirent, cherchèrent-ils à se faire un passage pour s'éloigner: le sort les avait entourés d'obstacles ; il n'était plus temps de traverser la rue pour se sauver dans un des bateaux du lac, Azad-Khan se trouvait déjà vis-à-vis de l'entrée du jardin. Les Afghâns qui le précédaient ne s'y arrêtant pas, l'idée que le tyran ne fera que passer, sourit à tous les esprits, comme lorsqu'on se voit délivré d'un danger qui menaçait ses jours.

Les regards d'Azad s'arrêtent sur
un groupe de belles femmes. La haine
émeut son cœur, fermé à tout autre
sentiment : cette émotion se change,
dans lui, en un caprice affreux ; il lui
vient à l'esprit d'exercer son adresse,
en tirant un coup de fusil contre un
des individus qui le regardent passer.
Aussitôt, il prend son arme des mains
de son officier, et cherchant des yeux
une victime, ses regards tombent
sur Adendea. Son enfant, effrayé de
la foule qui l'entourait, jetait en ce
moment des cris perçans, et serrait
fortement l'épaule de sa mère. Azad,
adroit à manier le fusil et toujours
sûr d'atteindre son but, a entendu
ces cris, les a pris pour indice, et
visant d'un œil tranquille, fait partir le coup. La balle siffle, et l'enfant est blessé mortellement. Il tombe
sur le sein de sa mère, et le moment
d'après y demeure sans voix, sans cou-

leur et sans vie. La malheureuse mère tient dans ses bras le corps inanimé de ce fils chéri ; une force convulsive l'empêche de perdre ses sens ; ses regards sont farouches et égarés. Elle ne sait d'où est parti le coup affreux qui lui ravit son snfant. Ceux qui l'entourent lui nomment le tyran ; alors Adendea le cherche des yeux, le voit s'éloigner , veut s'élancer après lui et proférer des malédictions ; mais elle reste immobile et ses lèvres tremblantes ne laissent échapper que des gémissemens.

Cependant le favori du Khan applaudit à l'adresse de son maître, qui reçoit ses éloges comme un être aussi blasé sur la flatterie que sur le crime. Il va porter la terreur dans d'autres lieux, et se dirige vers le Châlimar (1).

Le peuple se presse autour du cou-

(1) Superbe jardin de Kachmyr.

ple infortuné ; et Raceb, revenu
du premier saisissement, arrache des
bras de son épouse le corps du malheureux enfant, et apercevant de
loin le Brahmane qu'il avait secouru
quelques momens plutôt, il lui confie sa chère Adendea, livrée au plus
affeux désespoir, Raceb emporte son
fils à travers la multitude : tous d'une
voix unanime maudissent le nom du
monstre, et déplorent le sort des
deux victimes de sa barbarie.

Conduite par le Brahmane, Adendea
retourne dans sa maison, devenue le
séjour de la douleur. Raceb les avait
précédés, et avait déposé l'enfant dans
son berceau changé en cercueil. Adendea frémit à cette vue, elle ne peut
plus franchir le seuil de la porte ; ses
genoux fléchissent, Raceb la soutient
dans ses bras, et le Brahmane invoque
Siyer, qui préside à l'adversité.
Dans quel état la pauvre Adendea

revoit-elle son fils ! Une heure auparavant plein de vie , de beauté ,
maintenant immobile , couvert de
sang : quel aspect pour une mère !
Quelle leçon effroyable , quoique
inutile, pour un cœur trop attaché
à ce qui n'est pas durable ! Le Brahmane s'approche de la triste couche,
prend un bambou, suspendu à sa cein-
ture , et humecte la bouche de l'enfant avec l'eau qu'il contient, en ré-
citant cette prière :

« Divine eau du Gange, dont j'ai
» visité la source salutaire , où j'ai
» plongé mon corps, plus de fois que
» ma bouche n'a reçu de nourriture
» pendant le temps de mon pèleri-
» nage : eau incorruptible et vivi-
» fiante , purifie l'ame de cet enfant,
» en même temps que je lave ses lè-
» vres décolorées : que son ame qui
» voltige encore autour de son corps,
» soit lavée des taches dont elle a pu

» se souiller dans une vie précé-
» dente ! Toi, sublime Brahma , toi,
» qui écrivis dans la tête de cette créa-
» ture , l'histoire de toute son exis-
» tence , puisse !a vie si courte ét si
» innocente qu'il vient de terminer ,
» fléchir ta rigueur ! Si ce corps sans
» péché n'est pas encore la dernière
» prison que tu réserves à son ame,
» daigne la faire entrer maintenant
» dans le corps d'un sage , dont le
» génie contemplatif la prépare à
» s'élancer vers cette région inef-
» fable , où l'ame est absorbée dans
» ta nature divine ! »

Lorsque le Brahmane eut terminé
sa prière , il s'occupa avec Raceb du
triste soin de déposer l'enfant dans
le sein de la terre. Adendea osa demander au Brahmane de brûler le
corps de son fils , afin de pouvoir
toujours conserver auprès d'elle ses
cendres précieuses ; mais le disciple

de Brahma lui opposa l'indomptable loi de l'usage, loi qui ne permet de consumer que les corps des hommes sortis de l'enfance. Il fallut se soumettre: on inhuma l'enfant près d'une simple pagode, sous un arbre antique et énorme, où la vigne venait mêler ses feuilles élegantes à la sombre verdure de l'arbre sur lequel elle était suspendue.

La pagode qui s'élevait sous cet ombrage, avait été consacrée par un seigneur idolâtre, charitable et dévot, au Dieu, maître des autres dieux hindous. Non content d'avoir honoré la divinité, il voulut être utile aux pauvres voyageurs. Il obtint le droit de faire le bien, à la faveur d'une somme considérable payée annuellement au gouverneur de Kachmyr. Il avait fait construire, auprès de la pagode, un édifice où l'on trouvait à toute heure des vases remplis d'eau fraîche , et d'autres pleins de riz. Sous ce toit hospitalier, musulmans et gentils , tous avaient également le droit de se reposer ; tandis que plus loin, on voyait s'élever une fontaine abritée appartenant à des Musulmans , de laquelle les idolâtres étaient repoussés , comme indignes de jouir de la même ombre , et de se désaltérer à la même fontaine.

Adendea, étant privée à jamais de la vue du corps de son fils, vue cruelle mais attachante , son désespoir prit un caractère plus calme; elle pleura, et ses yeux purent enfin distinguer les objets dont elle était entourée. Après avoir offert de l'encens , du riz et des légumes à chacune des idoles qui remplissaient la pagode , après avoir aspergé ses murs , et adoré le taureau furieux,le Brahmane salua Raceb et sa femme, et emporta,

pour prix de ses peines , les légumes et le riz consacrés aux idoles. Les deux époux méditèrent long-temps en présence de l'image de Vichnou aux quatre mains, sur la grandeur de *l'ame universelle* (1) , et retournèrent ensuite, avec plus de courage, sur la tombe de leur enfant. Une profonde mélancolie avait fait place au désespoir. Adendea, debout, les yeux fixés sur la tombe , appuyée sur l'épaule de Raceb , gardait , ainsi que lui, le plus morne silence. Il fut le premier à le rompre, et lui dit: « Douce con-
» solation de ma peine, confie-moi
» donc les pensées qui se présentent
» à ton esprit: parle; les paroles et
» les larmes soulagent également un
» cœur oppressé. — Je songeais,
» répondit-elle avec un long soupir,
» au moment de la naissance de ce

(1) Nom donné à une ame divine, que les hindous croient être la source de toutes les autres ames.

» petit être que nous ne verrons
» plus. » Et ses larmes, telles que
les gouttes de la rosée qui tombent
de feuille en feuille, tombèrent sur
ses joues, sur sa poitrine et enfin
sur la terre qui couvrait l'objet de sa
douleur. « Te souviens-tu, re-
» prit Raceb, de cette soirée où tous
» deux assis au milieu de notre jar-
» din, nous aperçûmes cette traî-
» née de lumière qui s'élança du
» ciel, et s'arrêta sur le grand pom-
» mier ? tu portais alors dans ton
» sein ce fils tant aimé : avec quel
» empressement tu courus cueillir
» plusieurs fruits de cet arbre, dans
» l'idée de trouver, parmi eux, celui
» que la lumière avait frappé ! —
» Hélas! oui, je m'en souviens. Eh
» bien! dis-moi, Raceb, si, comme
» le croient les Brahmanes, ces mé-
» téores sont des ames qui tombent
» des astres, peut-on penser que

» celles qui ont une si noble origine,
» après avoir été emprisonnées dans
» un corps, soient destinées à se
» souiller de plus en plus, en ani-
» mant d'autres corps? Je te l'avoue,
» maintenant, j'ai toujours eu l'idée,
» depuis que j'avais mangé de ces
» fruits, qu'une ame céleste avait
» animé en moi cet enfant que nous
» pleurons : je croyais le lire dans
» ses yeux ; il me semblait ne pas
» ressembler aux autres enfans des
» hommes. — Comme il aimait les
» astres ! avec quelle joie il les
» apercevait dans les cieux ! — Il
» aimait aussi le grand pommier,
» ajouta Raceb, ce singulier rappro-
» chement. . . . » Un oiseau volti-
geait, en ce moment, autour d'eux.
« Regarde cet oiseau, s'écrie Aden-
» dea ; il vient se poser devant moi,
» sur cette branche... Il a l'air de me
» regarder en gazouillant. . . . Peut-

» être. . . . mais non , l'ame du petit
» ne s'est pas encore éloignée de sa
» dépouille. . elle doit être-là, près
» de nous. . . . elle nous entend sans
» doute... O mon fils ! mon cher
» fils! . . . — Je poserai sur cette
» terre de douleur , dit Raceb ,
» une pierre où je ferai sculpter
» en or la figure de Krischen, dis-
» pensateur du bonheur : il est dit
» que quiconque l'aura adoré joui-
» ra du ciel. — Non, Raceb, re-
» prit - elle, un monument d'or
» exciterait l'avidité de nos maîtres
» cruels; ils détruiraient ce tom-
» beau; ils troubleraient cet asy-
» le. — Mais lorsque l'herbe au-
» ra recouvert cet endroit, pour-
» rons-nous , ma chère Adendea,
» nous-mêmes, sans indice, retrou-
» ver l'espace où notre enfant a été
» déposé ? — Ah ! je le reconnaî-
» trais, quand même une forêt s'é-

14

» leverait en ce lieu : l'émotion de
» ce cœur déchiré me l'indiquerait
» suffisamment. L'endroit, l'espace,
» ce qui l'environne, les plantes qui
» croissent alentour, les branches qui
» l'ombragent ; tout est gravé dans
» ce pauvre cœur avec des traits qui
» ne s'effaceront pas. Voilà, Raceb,
» voilà le monument le plus durable,
» il est indestructible comme nos
» ames. » A ces mots, Adendea re-
tomba dans une profonde rêverie, et
tous deux gardèrent le silence.

FIN.

ERRATA.

éphéméral e l' errata

Page: lig:
32 : 3   d'une réputation lisez;
          d'une réputation
43 : 19   plusieurs des hommes lisez
          plusieurs hommes
46 : 10   le gaîté lisez; la gaîté
59 : 19   trompé lisez trompé
83 : 17   projet d'autre lisez; à la lig
87 : 7   habitons lisez habitans
1 : 4   sa patience d'autre lisez; à la lig
5 : 8   forcée lisez; forcé
109 : 21 écriture lisez; écriture
85 : 4   Siory lisez; Siory
132 : 8   argument lisez; à la ligne
          on apercevait
34 : 4   les belle lisez; la belle
62 : 2   part d'autre lisez; part
          es d'autre
66 : 12   les tribu lisez les tribu
172 : 10 les sable lisez le sable

page 3

173 - 6 elle tomba … jo … lisez
la tombe … près. —

182 - 5 le languissante lisez la languiss…

196 - 2 d'épreuve lisez d'inspire …

203 - 29 Rosania lisez Bisania

205 - 3 *donne* environnement lisez en donne …
le tout

210 - 18 Jeloups lisez Jeloups

223 : 6 s'élancent lisez s'élancent

230 : - 20 la colère de lisez la col…
de son mari

238 - 1. de ttère lisez de la tière

260 - 3 du despotisme lisez le
despotisme

261 - 10 Chargeur lisez Chargou

262 - 18 quejo lisez qui

269 - 6 note oubliée. Salle lac
du cochonga

282 - 1 Chiveu. lisez chiveu

Non - 2 leur lisez leurs

290 - 23 os jours lisez nos jours

293 - 8 affreux désespoir lisez
affreux désespoir :

www.ingramcontent.com/pod-product-compliance
Lightning Source LLC
Chambersburg PA
CBHW071855020726
47502CB00003B/752